VERLORENE DIAMANTEN

TREASURE HUNTER SECURITY
BUCH 8

ANNA HACKETT

Verlorene Diamanten

Aus dem Englischen übersetzt von Nathalie Hopper Translation

Umschlaggestaltung: Mayhem Cover Creations

Bildquelle: FuriousFotog/Golden Czermak

ISBN (ebook): 978-1-923134-46-1

ISBN (Printversion): 978-1-923134-47-8

Originaltitel: Undetected

KAPITEL EINS

D arcy Ward hatte einen wirklich schlechten Tag.
Während das Flugzeug, in dem sie gerade saß,
auf den Boden zustürzte, fragte sie sich angespannt,
welchen Gott sie derart verärgert hatte, um das zu verdie-
nen. Dabei umklammerte sie die Armlehnen ihres Sitzes
so krampfhaft, dass ihre Knöchel weiß wurden. Sie sollte
fröhlich und sanft durch die Lüfte zurück nach
Washington D.C. gleiten, aber nein, stattdessen würde
sie einen furchtbaren Flammentod sterben.

So sollte Karma *nicht* funktionieren. Sie rümpfte die
Nase und dachte daran, dass sie heute Morgen erst dabei
geholfen hatte, ihre beste Freundin Sloan und deren
neuen, heißen Freund aus den Fängen einiger gefährli-
cher Leute zu befreien. Das Flugzeug ruckte und warf
Darcy gegen ihren Sitz.

Diese verdammte Seidenstraße. Die Schwarzmarkt-
Antiquitätendiebe, die Sloan verfolgt hatten – übrigens
die gleichen, denen Darcy derzeit in Washington eine

Falle stellte – hatten eindeutig beschlossen, Rache zu üben.

Sie sah aus dem Fenster. Rauch kam aus einem der Triebwerke des Privatjets. Das Flugzeug sackte erneut nach unten, und ihr Magen drehte sich um. Schnell warf sie einen Blick zum Cockpit.

Special Agent Alastair Burkes breites Kreuz blockierte ihr die Sicht, während er den Piloten Befehle zubrüllte.

Okay, wenn sie schon sterben musste, war es wahrscheinlich nicht der schlechteste Tod, dabei auf Agent *Arrogant-und-Nervtötends* straffen Arsch in der schwarzen Anzughose zu blicken.

Das Flugzeug sackte erneut ab, und sie versuchte, den Kloß in ihrer Kehle hinunterzuschlucken. Sie wollte nicht sterben. Darcy liebte ihre Eltern, ihre Brüder und ihre Freunde. Und natürlich das Unternehmen, das sie gemeinsam führten – Treasure Hunter Security. Gut, ihr Job bestand hauptsächlich darin, ehemalige Navy SEALs, die jetzt als taffe Sicherheitsexperten arbeiteten, herumzukommandieren. Aber das war ein Teil ihres Lebens, und sie liebte es.

Außerdem gab es noch so viele Dinge, die sie erleben wollte. Sie wollte sich verlieben und der Mittelpunkt im Leben eines Mannes sein. Tatsächlich wollte sie die gleiche Liebe erleben, die ihre Eltern ihr jeden Tag vorlebten.

Scheiß Seidenstraße. Diese Gruppe war schon seit einer Weile ihr größtes Ärgernis – na ja, ihr zweitgrößtes, direkt hinter dem rechthaberischen, *manchmal-Verbün-*

deten-aber-immer-eine-absolute-Nervensäge FBI-Agenten.

„Burke!", rief sie. Darcy würde hier nicht wie eine Jungfrau in Nöten herumsitzen, während sie Gefahr liefen, am Boden zu zerschellen.

„Ruhe!", bellte er zurück.

Er hatte seine Anzugjacke ausgezogen und stand nur noch in seinem engen, weißen Hemd und dem Schulterholster da. Verdammt sollte er sein, weil er so furchtbar heiß aussah, während sie dem Tode geweiht waren.

„Bringt das Flugzeug wieder ins Gleichgewicht", knurrte er die Piloten an. „Sofort!"

„Die Explosion hat die Systeme lahmgelegt", erwiderte einer der Piloten. „Wir haben zwar noch Saft, aber die Maschine reagiert nicht."

„Verdammt", murmelte Burke.

Das reicht. Darcys Plan beinhaltete nicht, in tausend eklige Stücke zerschmettert zu werden, daher schnallte sie sich ab und packte ihr Tablet.

Schnell trat sie ihre Schuhe von ihren Füßen und stolperte durch den Gang. Das Flugzeug neigte sich in einem wahnsinnigen Winkel, bevor es plötzlich wie ein Wildpferd bockte, und sie verlor das Gleichgewicht und stürzte ins Cockpit.

Sofort fingen starke Arme sie auf, und sie neigte ihren Kopf nach oben. Alastair Burke war nicht im klassischen Sinne attraktiv, aber es gab einige andere Worte, mit denen sie ihn beschreiben würde: hart, konzentriert, schroff, intensiv.

Er sah sie aus grünen Augen an, die ernsthaft ange-

3

pisst wirkten, und ihr Blick fiel auf seinen markanten Kiefer und seine Bartstoppeln. Obwohl es früh am Morgen war, zeigte sich bereits ein leichter Schatten.

„Ich habe doch gesagt, du sollst angeschnallt bleiben."

Gott, war der Mann herrisch. „Und ich habe nicht auf dich gehört. Mal wieder. Überraschung!" Sie sah zur Konsole. Herrje, mit all den Schaltern sah sie aus wie etwas, das man eher in einem Raumschiff finden würde. „Ich dachte, ich könnte vielleicht helfen."

„Weißt du irgendwas darüber, wie man ein beschädigtes Flugzeug fliegt?", fragte Burke sarkastisch.

„Nein." Sie hielt ihr Tablet hoch. „Aber ich bin ein Genie, wenn es um Elektronik jeglicher Art geht, weißt du noch? Immerhin habe ich dein ach so tolles Sicherheitssystem gehackt, oder etwa nicht?"

Er funkelte sie an. „Und ich im Gegenzug deins."

Darcy schaffte es geradeso, den Drang zu unterdrücken, ihre Zunge herauszustrecken. Daran wollte sie sich lieber *nicht* erinnern. Sie sah zu den gestressten Piloten. „Was ist los?"

Der Pilot warf einen Blick zu Burke, bevor er antwortete: „Die Konsole hat noch Saft, aber die Steuerung reagiert nicht."

„Startet sie neu", schlug Burke vor.

Der Co-Pilot schüttelte den Kopf. „Das würde zu lange dauern. Bis sie wieder hochfährt, sind wir schon auf dem Boden aufgeschlagen."

Darcy bückte sich zwischen den Pilotensitzen auf die Knie. „Lasst mich mal sehen, was ich tun kann."

Schnell steckte sie ihr Tablet an und blendete das

hektische Gespräch der Piloten mit einem Tower irgendwo aus, genauso wie das Heulen der Triebwerke, das Ruckeln des Flugzeugs und Burkes nerviges, aber dennoch verlockendes Rasierwasser.

Sofort tippte sie auf ihren Bildschirm, scrollte und las den Text. *Aha.* Es gab also einen Shortcut, mit dem man das System schneller neu starten konnte. Flink tippte sie ein paar Befehle ein.

„Darcy, geh zurück zu deinem Platz", befahl Burke.

„Warte kurz –"

Eine Hand packte ihren Arm. „Ich will, dass du am sichersten Ort im Flugzeug bist, wenn wir abstürzen."

Ihr Magen zog sich zusammen, während sie zu ihm aufsah. „Tatsächlich wäre es mir lieber, wenn wir einfach *gar nicht* abstürzen würden. Sieh doch!"

Alle Lichter der Konsole blinkten auf, und die Piloten keuchten.

„Sie hat es geschafft!", rief einer der Piloten.

Die beiden Männer legten los, arbeiteten hektisch zusammen und schrien einander Befehle zu.

Burke riss Darcy auf die Beine und zerrte sie den Gang zwischen den breiten Sitzen entlang.

Das Flugzeug gewann sein Gleichgewicht zurück, und sie grinste ihn an. „Die Worte, nach denen du suchst, lauten: *Danke Darcy. Du bist umwerfend.*"

Er starrte sie einfach nur an, und sie legte den Kopf schief. Ein Muskel in seinem Kiefer zuckte. Tatsächlich strahlte er irgendetwas aus, aber sie konnte es nicht genau zuordnen.

„Burke –?"

Plötzlich packte er sie und riss sie zu sich. Darcy stieß

gegen seine harte Brust, die – ja, wirklich so muskulös war, wie sie es sich in ihren streng geheimen, nächtlichen Fantasien vorgestellt hatte, von denen sie niemals einer Menschenseele erzählen würde.

Im nächsten Moment presste er seinen Mund auf ihren.

Oh. *Oh*.

Seine Lippen waren straff und der Kuss fordernd, heiß und herrisch. Genauso hatte sie sich das in ihren Träumen, die sie niemals jemandem gestehen würde, ausgemalt.

Ihre intensive, flammendheiße Lust schoss direkt zwischen ihre Beine.

Darcys Tablet glitt aus ihren Fingern und fiel mit einem *Klonk* auf den Teppichboden. Mit ihrer Hand fuhr sie durch Burkes Haar und ein hungriger Ton entwich ihrer Kehle. Sein braunes Haar war herrlich seidig. Sie erwiderte den Kuss mit all der Leidenschaft, die sie in sich verbarg.

Ehe sie sich versah, kletterte sie halb auf ihn und presste ihren Körper gegen seinen, während er sie stürmisch küsste.

Dann riss er seinen Kopf zurück, und sie starrten sich eine Sekunde lang an.

„Danke, Darcy. Du bist umwerfend." Mit diesen Worten schob er sie praktischerweise zurück auf ihren Sitz, denn ihre Knie versagten ihr den Dienst. Atemlos ließ sie sich auf ihren Platz fallen.

Burkes Hände lagen auf den Armlehnen und hielten sie gefangen. Langsam neigte er seinen Kopf nach unten, bis sein Gesicht nur noch wenige Zentimeter von ihrem entfernt war. „Jetzt schnall dich an. Wir landen bald."

Sie nickte.

„Ich schätze, ich habe endlich einen Weg gefunden, dich dazu zu bringen, das zu tun, was ich will."

Während er zurück ins Cockpit ging, hob Darcy eine Hand und berührte ihre geschwollenen Lippen. Wow, dieser Tag hatte gerade einen Abstecher auf die Insel des Wahnsinns unternommen. Ein Teil von ihr genoss den Anblick von Burkes zerzaustem Haar, das normalerweise immer perfekt gestylt war.

Sie schnallte sich an und atmete zitternd aus, bevor sie ihren Kopf zum Fenster drehte und hinaussah. Erfreut stellte sie fest, dass der Boden zwar deutlich näher gekommen war, aber sie nicht mehr direkt darauf zustürzten.

Obwohl ihr Körper immer noch kribbelte, entschied Darcy, dass sie sich in Darcys *Land des fröhlichen Leugnens* zurückziehen würde. Dort gab es weder böse Jungs noch Flugzeugabstürze, und vor allem keine sexy, nervigen FBI-Agenten, die eine Frau besinnungslos küssen konnten.

———

DARCY NAHM einen Schluck von ihrem Vanille-Latte und lächelte. Kaffee war der Nektar der Götter, und sie war verdammt froh darüber, dass sie noch am Leben war und ihn genießen konnte.

Ihre Absätze klapperten auf den cremefarbenen

Travertinfliesen, während sie die höhlenartige Lobby durchquerte. Sie liebte das Dashwood Museum.

Schnell nickte sie dem Wachpersonal zu und trat in die Haupthalle. Glänzende Holzwände schenkten dem Ort ein Gefühl von Wärme und uralter Geschichte, und Marmorsäulen schimmerten im Licht. Der Raum war natürlich voll mit Kunst. Sie ließ ihren Blick hindurchschweifen und betrachtete die prächtigen Gemälde, Skulpturen und Artefakte.

In der umwerfenden Lobby fand in weniger als einer Woche die Eröffnung einer unbezahlbaren Ausstellung statt. Es handelte sich um die Privatsammlung eines Dashwood-Spenders, der ein umfangreiches Sortiment an erstaunlichen und uralten Artefakten besaß.

Sie nippte erneut an ihrem Kaffee und genoss den Koffeinkick. Darcy hatte nur wenige Schwächen: Kleidung, Schuhe, teure Computerteile und Koffein. Für keine davon würde sie sich je entschuldigen.

Schließlich erinnerte sie sich noch mit schmerzhafter Genauigkeit daran, wie es sich angefühlt hatte, schüchtern und langweilig zu sein. Als sie ins Teenageralter gekommen war, hatte sie festgestellt, dass sie zwei unglaublich talentierte, überlebensgroße Elternteile hatte und zwei taffe, athletische, genauso herausragende Brüder. Im Gegensatz dazu war sie klein und computervernarrt gewesen. Deswegen war es ihr schwergefallen, mit ihrer Familie mitzuhalten.

Aber das Leben war zu kurz, um sich für das, was man liebte, zu entschuldigen, oder sich selbst kleinzureden. Daher hatte sie gelernt, sich selbst zu lieben.

Am gestrigen Tag, als das Flugzeug fast abgestürzt

war, hatte sie befürchtet, nie wieder einen Latte trinken zu können. Deswegen hatte sie heute ein großes Frühstück zu sich genommen und trank jetzt schon den zweiten Kaffee des Tages. Darcys Einstellung war es derzeit, alles in vollen Zügen zu genießen. Sobald sie wieder in Denver war, würde sie einen Plan schmieden, um verdammt noch mal endlich die Liebe ihres Lebens zu finden. Das Ziel war klar: Weniger arbeiten, mehr daten.

Das bedeutete jedoch nicht, dass sie vergessen hatte, dass sie gerade noch einen Job erledigen musste.

Darcy arbeitete mit Eifer daran, die Seidenstraße zu Fall zu bringen. Am besten in lodernden Flammen, wie die Ganoven es mit ihr versucht hatten.

Die große abendliche Eröffnungsgala würde das *Who-is-who* der Elite von Washington anziehen. Und die Juwelen, die die Seidenstraße und ihren mysteriösen Anführer, den *Sammler* herlocken sollten, würden direkt auf dem Präsentierteller liegen. Ein elektrisierendes Gefühl der Aufregung schoss durch sie hindurch. Die Juwelen waren die perfekten Köder.

Drei verfluchte Diamanten.

Vorher musste sie jedoch ihre Arbeit zu Ende bringen.

Sie hob ihr Tablet hoch und sah sich den Sicherheitsfeed an. Danach reckte sie ihren Kopf nach oben und konzentrierte sich auf die Positionen der versteckten Kameras an der Decke. Einige Anpassungen waren noch notwendig. Als sie erneut den Bildschirm betrachtete, merkte sie sich alle Blickpunkte und toten Winkel. Glücklicherweise waren so früh am Morgen kaum Museumsbesucher anwesend. Die meisten Menschen eilten zur Arbeit, und die Touristen wachten gerade erst auf und starteten langsam in den Tag.

Aus der Lobby ertönte eine tiefe, donnernde Stimme, und Darcys Magen zog sich zusammen. Diese Stimme kannte sie.

Sie hatte sie letzte Nacht in ihren Träumen heimgesucht.

Eigentlich versuchte sie weiterhin, in Darcys *Land des fröhlichen Leugnens* zu verweilen, aber dieser Mann machte ihr das verdammt schwer. Nach dem Zwischenfall im Flieger gestern, war Burke damit beschäftigt gewesen, das alles mit den Verantwortlichen durchzugehen. Nachdem sie in Washington gelandet waren, hatte er ihr befohlen, sich den restlichen Tag freizunehmen. Darcy rümpfte die Nase. Er hatte sie nicht darum gebeten oder ihr den Vorschlag unterbreitet, nein, er hatte es ihr einfach so befohlen. Manchmal fragte sie sich, ob er in Wahrheit ein Roboter war.

Auf jeden Fall hatte Darcy sich entschieden, shoppen zu gehen und einige Dollar für wundervolle Unterwäsche ausgegeben, die sie zwar nicht brauchte, ihr aber gefiel. Das Erlebnis war nicht ganz so entspannend gewesen, wie sie es sich gewünscht hatte, da sie die ganze Zeit von einem FBI-Agenten beschattet worden war. Eine Tatsache, über die man sie vorher *nicht* in Kenntnis gesetzt hatte.

Heimlich warf sie einen Blick um die Ecke und erblickte Burkes Rücken. Ein dunkler Anzug bedeckte seinen machtvollen, muskulösen Körper. Sofort konnte sie nur noch an den atemberaubenden Kuss denken.

Nein. Darcy senkte den Blick. Sie würde nicht weiter darüber nachdenken. Auf keinen Fall. Der Mann konnte vielleicht küssen wie ein Gott, aber er trieb sie auch in den Wahnsinn wie der Teufel.

Außerdem war wohl eindeutig, dass Alastair Burke für seinen Job lebte. Das Dasein als FBI-Agent lag ihm im Blut. Sie hatte gesehen, wie zielstrebig er sich darauf konzentrierte, die Seidenstraße zu zerschlagen. Tatsächlich hatte sie noch nie einen intensiveren, ehrgeizigeren Mann kennengelernt.

Er war viel zu sehr in seine Kontrolle vernarrt, als dass er sich jemals verlieben würde, und er war auf keinen Fall der Typ Mann, der eine Frau zum Zentrum seines Universums machen würde.

Mach einfach deinen Job, Darce. Sie sah erneut zu den Kameras und versuchte, Burkes straffe Lippen und leidenschaftliche Küsse aus ihren Gedanken zu verdrängen. Plötzlich spürte sie, dass jemand sie beobachtete, und sah auf.

Ein Geschäftsmann stand in der Nähe und musterte sie eindringlich. Er war vermutlich ein paar Jahre jünger als sie und hatte ein hübsches Gesicht, blondes Haar und trug einen gut geschnittenen Anzug. Als er merkte, dass sie ihn anschaute, lächelte er und nickte.

Hm, nicht von schlechten Eltern. Sie lächelte zurück.

Hinter Mr. Lecker stand eine Frau mit zwei gelangweilt aussehenden Kindern im Schlepptau. Sie versuchte, sie für ein Gemälde von Rembrandt zu begeistern.

Auf einmal schallte lautes Lachen durch die Halle. Darcy drehte ihren Kopf und sah zwei junge Männer, jünger als der Geschäftsmann – im Collegealter, gut aussehend und sich dieser Tatsache sehr wohl bewusst. Ihr dichtes Haar war aufwendig gestylt und sie trugen trendige Jeans und Poloshirts.

Die beiden versuchten so zu tun, als würden sie nicht die hübsche Skulptur anstarren, die auf einem Podest thronte. Es handelte sich um eine aus Bronze gefertigte junge, nackte Frau, die ihren Rücken wölbte und deren Haar herabhing. Darcy sah wieder auf ihr Tablet und balancierte ihren Latte, während sie tippte. Sie fand die richtige Kamera und zoomte die beiden jungen Männer heran.

Beide hatten das Wort *Schwierigkeiten* praktisch auf die Stirn tätowiert.

Erneut sah sie zu ihnen hinüber, wobei ihr einer der beiden ins Auge fiel. Eine Locke seines hellblonden Haars fiel über seine blauen Augen und er nahm sich Zeit, Darcy von oben bis unten zu begutachten, bevor er ihr ein breites Grinsen schenkte. Darcy schaffte es gerade noch, nicht die Augen zu verdrehen.

Der Mann, der im Herzen bestimmt noch ein kleiner Junge war, schlenderte zu ihr. „Hallo."

„Hi." Mit Glück war er vielleicht zwanzig Jahre alt, und außerdem wirkte er verwöhnt und weich. „Gefällt dir das Museum?"

Seine Augen klebten an ihren engen Jeans und ihrem rosa Pullover, bevor sie zu ihren Brüsten wanderten. „O ja."

Ach, bitte! „Du bist also ein Kunstliebhaber?"

„Ich mag schöne Dinge", antwortete er lässig.

Gott, der Typ musste dringend an seinen Anmachsprüchen arbeiten. Sie sah, wie sich Mr. Lässigs Kumpel der Skulptur näherte.

„Hast du von der großen Ausstellung gehört, die bald stattfindet?", fragte Mr. Lässig.

„Ja, habe ich mitbekommen."

Er lehnte sich näher zu ihr. „Ich habe gehört, dass hier alle damit beschäftigt sind, sich auf die Ausstellung der verfluchten Diamanten vorzubereiten."

„Das habe ich auch gehört." Auf ihrem Tablet erschien eine kleine Meldung, die sie darüber informierte, dass jemand ein Störsignal aktiviert hatte, um die Kameraübertragung zu blockieren. Tatsächlich war es ein ziemlich hartnäckiges Störsignal. Sie tippte auf ihren Bildschirm und deaktivierte es.

„Bist du Studentin?", fragte Mr. Lässig und nickte zu ihrem Tablet.

„Nun, ich mache mir Notizen." Sie hatte bereits heimlich Fotos von den Gesichtern der beiden Jungs geschossen und sie durch das Gesichtserkennungssystem des Museums laufen lassen. Jeder, der das Museum betrat und ein Ticket kaufte, wurde dort gespeichert.

Mr. Lässig senkte seine Stimme. „Weißt du, wie umwerfend du bist?"

Jetzt musste Darcy lachen. „Funktioniert so ein Spruch tatsächlich im echten Leben, Süßer?"

Er blinzelte und wirkte ziemlich beleidigt. „Klar, immer."

„Bei hübschen Studentinnen, die noch nicht genug Erfahrung gesammelt haben, vielleicht."

Mr. Lässig warf ihr einen bösen Blick zu. „Ich bin ein echter Hauptgewinn, Babe."

„Ja, klar."

In diesem Moment schnappte sich sein Freund die Skulptur vom Podest. Ein Alarm heulte auf, und sofort senkten sich die Gitter und verschlossen die Ausgänge. Beide Männer erstarrten und wirkten geschockt.

Die Frau neben ihnen stieß einen Schrei aus und zog ihre Kinder näher zu sich heran. Der Geschäftsmann beobachtete die Szene mit einem Stirnrunzeln.

„Ich habe dein Störsignal deaktiviert", erklärte Darcy Mr. Lässig. „Wahrscheinlich warst du dir der ganzen Sicherheitsupgrades nicht bewusst, die wir installiert haben." Sie sah auf ihr Tablet und las die Benachrichtigungen der Gesichtserkennungssoftware. „Du hättest dich besser informieren sollen, Patrick."

Mr. Lässig atmete tief ein. „Wie ...? Sie meinten ..."

„Pat!" Sein Freund stand immer noch an Ort und Stelle, die Skulptur in den Händen.

„Du solltest die besser wieder hinstellen, James." Darcy tippte erneut und öffnete das Sicherheitsgitter, das aus der Lobby führte. „Ihr werdet nämlich gleich festgenommen."

Patrick spannte sich an und fuhr sich mit einer Hand durch sein zerzaustes Haar. Er schob sein Kinn nach vorn. „Die Anwälte meiner Eltern werden mich im Handumdrehen wieder rausholen. Du hast ja keine Ahnung, wer ich bin."

Darcy schüttelte den Kopf, senkte ihr Tablet und hielt ihm die Bilder vor die Nase, die James dabei zeigten, wie er sich die Skulptur unter den Nagel riss.

„Ich habe alles auf Video." Sie legte den Kopf schief. „Das Foto wird dir nicht ganz gerecht, Patrick, aber auf

Instagram wird es trotzdem wie eine Bombe einschlagen."

„Schlampe!"

Patrick sprang nach vorn, doch Darcy wich zurück und streckte ihren Fuß aus. Er fiel darüber und direkt auf sein Gesicht, sodass sie ihm mühelos ihren hohen Absatz in den Rücken rammen konnte.

Doch dann eilte James zu ihr, um seinen Freund zu verteidigen. Darcy spannte sich an. *Scheiße.*

Plötzlich packte Burke den Möchtegerndieb, drehte ihn herum und schleuderte ihn gegen eine Säule. Der Junge jaulte auf, und Burke legte ihm innerhalb von zwei Sekunden Handschellen an.

Patrick rappelte sich wieder auf, und Darcy trat zurück. Sie war sich ziemlich sicher, dass er jetzt einen Abdruck ihres Absatzes in seinem Rücken hatte. Der Mann machte ein paar stolpernde Schritte rückwärts.

Doch Burke war schon in Bewegung. Er packte Patrick am Kragen und drückte ihn auf die Knie.

„Hey!", beschwerte er sich.

Der FBI-Agent zog ein weiteres Paar Handschellen hervor und legte sie Mr. *Jetzt-nicht-mehr-so-lässig* an. Burkes Gesicht war ausdruckslos und er sah nicht einmal aus, als wäre er ins Schwitzen gekommen.

Verdammt sollte Alastair Burke sein, weil er so unverfroren heiß war. Darcy versuchte, ihre verrücktspielenden Hormone unter Kontrolle zu bringen.

„Jungs, das ist Special Agent Burke." Sie nahm einen weiteren Schluck von ihrem Latte. „Er leitet die Kunstraub-Abteilung des FBI." Mit diesen Worten lehnte sie sich zu den jungen Männern. „Er *verabscheut* Leute, die Kunst und Antiquitäten stehlen."

Burke sah sie an, und obwohl sein Gesicht dieselbe ausdruckslose Maske wie immer zeigte, schüttelte er leicht den Kopf. Darcy war sich ziemlich sicher, dass er amüsiert war.

„Sie sagten, es gäbe keine Sicherheitsvorkehrungen", flüsterte Patrick. „Weil alle damit beschäftigt wären, die Ausstellung vorzubereiten."

„Wer?", fragte Burke scharf und zog den jungen Kerl auf die Beine.

Patrick sah aus, als würde er sich gleich in die Hosen pinkeln.

In diesem Moment erschienen einige Mitglieder des Sicherheitsdiensts. Ein Wachmann machte einen Umweg, um die anderen Museumsbesucher zu beruhigen, die immer noch geschockt zusahen.

„Wir müssen diese Idioten befragen", erklärte Burke.

Darcy nickte. Sie atmete tief ein, und sein umwerfendes Rasierwasser stieg ihr in die Nase. *Konzentriere dich, Darcy.* „Okay. Ich habe die zwei schon durch die Gesichtserkennung laufen lassen und Bilder von ihnen gemacht, als sie die Skulptur an sich reißen wollten. Ich schicke sie dir per Mail."

„Darcy", meinte er und warf ihr einen seiner eindringlichen Blicke zu. „Gute Arbeit."

Ihr Magen schien zu flattern. „Danke. Ich muss noch ein wenig an den Kameras arbeiten." Als sie sich umdrehte, wedelte sie mit den Fingern in Richtung der Möchtegerndiebe.

„Darcy?"

Sie warf einen Blick über ihre Schulter.

„Geh nicht zu weit weg", befahl Burke. „Die Diamanten sind angekommen."

Ihr Puls wurde schneller. Sie konnte es kaum erwarten, die Juwelen zu sehen. Endlich würden sie die Seidenstraße zerschlagen, die es seit Jahren auf ihre Familie, ihr Unternehmen und ihre Freunde abgesehen hatte.

KAPITEL ZWEI

Es gab genau zwei Dinge, die Alastair Burke wirklich mochte – Ordnung und Kontrolle.

Am besten gefiel es ihm, wenn er alles im Griff hatte. Er schubste die idiotischen Möchtegerndiebe vor sich in die Sicherheitszentrale des Dashwoods.

Einer war völlig blass, hatte aber trotzdem eine rebellische Miene aufgesetzt, und der Dunkelhaarige heulte.

„Was ist mit dem heißen Geschoss?", fragte Mr. Rebell. „Gehört sie zum Sicherheitsdienst des Museums?"

Heißes Geschoss? Ein Muskel in Alastairs Kiefer spannte sich an. „Sie geht dich nichts an. Ihr zwei steckt in verdammt großen Schwierigkeiten."

Er führte sie in das kleine, fensterlose Büro, in dem ein Tisch und zwei Stühle standen.

„Hinsetzen."

Beide Jungs gehorchten.

Alastairs Partner, Agent Thomas Singh, erschien. Der jüngere Mann war ausnehmend modisch gekleidet, und sein blitzend weißes Lächeln hob sich von seiner dunklen Haut ab.

„Ziemlich ereignisreicher Morgen, hm?" Der Agent reichte Alastair einen Stapel Papiere.

„Sieht so aus."

„Zumindest gab es heute noch keine Flugzeugabstürze."

„Wir machen keine Witze über Flugzeugabstürze."

„Klar." Thom sah aus, als würde er ein Lachen unterdrücken. „Ruf mich, wenn du mich brauchst."

Alastair umrundete den Tisch und sah sich die Ausdrucke von Darcys Recherche an. „Okay, Patrick und James ..." Er starrte sie an. „... redet."

„Es sollte ein leichter Auftrag sein", meinte Mr. Rebell, auch bekannt als Patrick Evan Theodore der Dritte. „Angeblich keine Alarmanlage, und das Personal sollte mit den Vorbereitungen für die Ausstellung beschäftigt sein. Von uns wurde nur erwartet, dass wir die Kameraaufzeichnung stören, mehr hat er nicht gesagt. Er meinte, es würde ein Spaziergang."

Alastairs Instinkte meldeten sich. „Wer?"

„Der Typ halt." Der andere junge Mann – James Frederick Hyland – wischte sich mit seinem Ärmel die Tränen weg. „Er hat uns in einem Onlineforum eine private Nachricht geschickt, ähm ..." Nervös warf er einen Blick zu seinem Freund. „Einem Forum für Leute, die nach einem Kick suchen."

Herrgott, jemand bewahre ihn vor gelangweilten, reichen Kids. „Und weiter?"

Die beiden jungen Männer schwiegen und sahen einander an.

Der FBI-Agent legte seine Hände auf den Tisch und lehnte sich vor. „Wenn ihr redet, wird sich das Strafmaß eventuell deutlich reduzieren. Genau wie die Haftstrafe."

„Haftstrafe?", jammerte James.

„Ihr wurdet auf frischer Tat ertappt, als ihr ein wertvolles Artefakt aus einem Museum stehlen wolltet. Da könnt ihr euch nicht rauswinden."

„Scheiße." Patrick fiel zurück in seinen Stuhl. „Mein Dad wird mich umbringen."

James' Augen wurden so groß wie Untertassen. „Ich gehe im Herbst nach Harvard."

Alastair schlug seine Anzugjacke zurück und stemmte die Hände in die Hüften. „Wer hat euch kontaktiert?"

„Wir kennen nur den Nutzernamen. *Turpan.*"

So lautete der Name einer wichtigen Oase in China, die an der alten Seidenstraße lag. Alastair biss einen Fluch zurück. Verdammte Seidenstraße. *Verflucht.*

Jemand klopfte an die Tür und Thom steckte seinen Kopf herein. „Die Polizei ist hier."

Die beiden jungen Kerle stöhnten auf.

Burke ging zu Thom. „Begleite sie und schau, ob du noch mehr Informationen aus ihnen herausbekommst. Die Seidenstraße hat sie aus einem bestimmten Grund hergeschickt." Sein Partner nickte.

Er verließ die Sicherheitszentrale und ging zurück zur Lobby. Die Arbeiter bauten gerade die Vitrinen für die kommende Ausstellung auf.

Darcy beugte sich über die lange, rechteckige Vitrine, in der die Diamanten liegen würden.

Aufgrund ihrer Position hatte er einen perfekten Blick auf ihren Arsch, der von engen Jeans umschlossen wurde. Er hielt inne und krallte seine Fingernägel in seine Handflächen. Dabei zwang er sich, ein paar Mal tief einzuatmen.

„Darcy."

Sie drehte sich um und ihr glänzendes, schwarzes Haar streichelte ihre Wangen. „Ich habe mir nur die Sensoren angesehen. Wie geht es den Frischlingen?"

Bei dieser Bezeichnung wollte er lachen, was ziemlich seltsam war, weil er nie lachte. „Sind auf dem Weg zur Polizeiinspektion und schwitzen sich den Hintern ab. Die Seidenstraße hat sie hergeschickt, damit sie die Skulptur stehlen."

Die Frau atmete zischend aus. „Das überrascht mich nicht." Sie hielt inne. „Aber was sollte das bringen?"

„Das weiß ich noch nicht. Vielleicht wollten sie die Sicherheitssysteme testen? Oder einfach nur Probleme verursachen?" Sein Blick fiel auf die Vitrine hinter ihr.

Derzeit war sie noch leer, aber schon bald würden darin die drei Diamanten ruhen, die das Herzstück der Ausstellung darstellten.

Alastair spürte, wie es in seinem Körper kribbelte. Sie war endlich da. Seine Chance, die Seidenstraße ein für alle Mal auszulöschen. Sein Magen zog sich zusammen.

Endlich bekam er die Gelegenheit, den Mord an seiner Mutter zu rächen.

„Burke?"

Darcy musterte ihn, und er atmete ein. Sein Blick fiel auf ihre Lippen. Heute leuchteten sie in einem sanften, sexy Pink.

Gestern im Flieger hatte er genau diese Lippen geküsst, und er hatte in jeder Minute in den letzten vierundzwanzig Stunden an diesen Kuss gedacht.

Sie war eine verdammt große Ablenkung, und Burke hasste Ablenkungen.

„Burke?", fragte sie mit hochgezogenen Augenbrauen. „Wirst du etwa krank?"

„Nein." Schnell nickte er zur Vitrine. „Ist alles bereit?"

„Ja. Drucksensoren, Kameras." Mit einer eleganten Handbewegung wedelte sie in der Luft. „Das Museum ist sicherer als Fort Knox."

„Gut." Natürlich hatte er gewusst, dass sie perfekt für den Job war – sie war klug, gewitzt und ließ sich nicht einschüchtern.

„Die Diamanten sind also da?" Sie leckte sich über die Lippen.

Alastair bemerkte, wie ihre Zunge zwischen ihren weichen Lippen hervortrat, und spürte ein Zittern in seinem Magen. Er schüttelte den Kopf, um seine Gedanken zu klären. „Ja, sind sie. Ich zeige sie dir."

Gerade, als er sie am Ellbogen greifen wollte, ertönte eine tiefe Stimme in der Lobby, gefolgt von schweren Schritten. „Burke!"

Alastair drehte sich um und stand einem ziemlich angepissten Mann gegenüber.

„Declan", entgegnete er.

Darcy warf ihrem Bruder ein vorsichtiges Lächeln zu. „Hey, Dec."

Declan Ward verschränkte seine muskulösen Arme

vor der Brust. „Du hast gestern fast zugelassen, dass meine Schwester umgebracht wird."

Der Mann sah immer noch genauso aus wie der SEAL, der er einst gewesen war. Die Gründung von Treasure Hunter Security zusammen mit seinen Geschwistern hatte ihn kein bisschen weich werden lassen. Er starrte Alastair mit blau-grauen Augen an, die einen ähnlichen Farbton zeigten wie die seiner Schwester.

„Es geht ihr gut", erwiderte Alastair. „Sie ist am Leben und energisch wie eh und je."

„Sie wäre fast bei einem verdammten Flugzeugabsturz draufgegangen!"

„Ähm, Jungs –", begann Darcy.

Sie ignorierten sie.

„Daran ist die Seidenstraße schuld", erklärte Alastair. „Eigentlich war Darcy diejenige, die uns allen den Arsch gerettet hat."

Dec packte ihn am Kragen. „Wenn meiner Schwester etwas zustößt, ziehe ich dich zur Verantwortung."

Ja, er war definitiv angepisst. „Ich werde dafür sorgen, dass das nicht passiert. Nach den Ereignissen gestern ist es nur noch wichtiger, dass unser Plan, den *Sammler* auszuschalten, ein Erfolg wird."

„Hallo, ich bin auch noch hier." Darcy hatte die Arme vor der Brust verschränkt und tippte mit ihrem Schuh auf den Boden.

Ihr Bruder knurrte: „Die Seidenstraße hat sie jetzt im Visier, und *du* hast sie zur Zielscheibe gemacht. Ich hätte niemals zulassen sollen, dass sie diesen Job übernimmt."

Darcy zischte: „Zulassen? Wir sind beide Geschäftsführer unseres Unternehmens, Declan. Du gibst mir keine Befehle oder suchst die Jobs aus, die ich übernehmen darf."

Burke lächelte, froh darüber, ausnahmsweise mal nicht der Mensch zu sein, der Darcys scharfe Zunge zu spüren bekam.

„Darcy –", begann Dec.

„Nein", unterbrach sie ihn. „Die Seidenstraße hat dich auch schon im Blick, Cal, genau wie den Rest des Teams. Und zwar seit Jahren. Sie haben diese Woche fast Sloan und Diego umgebracht. Genug ist genug. Wir müssen sie aufhalten."

„Es ist zu gefährlich –"

Darcy trat näher zu ihm und ihre Absätze klackerten auf dem Boden, während sie ihren Bruder mit einem Blick bedachte, der heiß genug war, um Metall zu schmelzen.

„Was? Kann ich meinen Teil etwa nicht beitragen, weil ich eine Frau bin? Kann ich meinen Job nicht machen, weil ich keine hervorquellenden Muskeln, eine Waffe oder einen Penis habe? Kann ich die Menschen, um die ich mich sorge, nicht beschützen, weil ich kein knallharter Ex-SEAL bin?"

Dec presste die Lippen aufeinander und stemmte seine Hände in die Hüften.

Alastair konnte spüren, wie ein Lachen in seiner Brust brodelte. Verdammt, das war schon das zweite Mal für heute. Er räusperte sich.

Zwei Paar graue Augen richteten sich auf ihn.

„Wisst ihr, ich habe mir immer eine Schwester oder

einen Bruder gewünscht." Er hielt inne. „Aber jetzt bin ich irgendwie froh, dass ich Einzelkind bin."

Darcys Augen, die ein wenig blauer waren als die ihres Bruders, wurden schmal. Der FBI-Agent hatte mittlerweile genug Zeit mit ihr verbracht, um zu wissen, dass diese kleine Geste bedeutete, dass sie ihn als Nächstes fertig machen würde.

Es war Zeit für eine Ablenkung. „Würdest du jetzt gern die Diamanten sehen?"

Darcy hielt inne und wandte ihrem Bruder den Rücken zu. „Ja."

Alastair sah Declan an. „Ich werde alles in meiner Macht Stehende tun, um ihre Sicherheit zu gewährleisten."

Natürlich bemerkte er, wie groß Darcys Augen bei seinen Worten wurden, bevor er an ihr vorbeiging und aus der Lobby schritt.

———

DARCY FOLGTE Burke in den Tresorraum, der tief unten im Museum verborgen war. Sie gingen an bewaffneten Wachleuten vorbei. Als sie die schwere Metalltür erreichten, sah sie, wie er seine Handfläche auf ein Hightech-Schloss drückte. Das Museum verfügte über ein elektronisches Schließsystem für das gesamte Gebäude, und Darcy hatte es um einige Funktionen erweitert.

Das Schloss piepte und die Tür öffnete sich.

Sie war immer noch aufgewühlt von ihrem Streit mit Dec. Sie hatten nicht geschrien ... nicht allzu laut zumindest. Dec konnte auf Kommando zum Alphamännchen werden, aber sie ließ ihn meistens gewähren, weil sie wusste, dass er sich nur Sorgen machte.

Je eher die Eröffnungsgala stattfand und die Falle zuschnappte, desto besser.

Burke trat zurück und winkte sie in den Haupttresor. Der Raum war mit Regalen ausgekleidet, und auf einem Tisch in der Mitte lag ein großer, rechteckiger Koffer.

Darcy holte tief Luft. Der FBI-Agent winkte sie näher heran, und schließlich standen sie nebeneinander davor. Er war ihr so nah, dass sie die Wärme seines Körpers spüren konnte. Schmetterlinge flatterten in ihrem Bauch. Natürlich lag das nur an der Aufregung, die Diamanten live zu sehen.

„Bereit?", fragte er.

Sie nickte.

Er drehte das Zahlenschloss und öffnete den Koffer.

Darcy keuchte auf. „Heiliger Bimbam." In den kleinen Vertiefungen des schwarzen Samts ruhten drei Diamanten.

Während zwei lose auf ihrem Platz lagen, war der dritte in eine Halskette eingefasst.

„Das ist der Regent", erklärte Burke und zeigte auf einen der einzelnen. „Einhundertvierzig Karat. Er gilt als der schönste und reinste Diamant der Welt."

Dem konnte Darcy nicht widersprechen. „Woher stammt er?"

„Er wird normalerweise im Louvre ausgestellt und war einmal Bestandteil der Krone von Louis dem XV., zierte den Hut von Marie Antoinette und steckte im Schwertgriff von Napoleon Bonaparte."

„Wow. Was für eine beachtliche Historie."

„Gerüchten zufolge stammt er aus Indien, aus der Kollur Mine. Ein Sklave soll ihn in einer offenen Wunde versteckt und herausgeschmuggelt haben."

„Pfui."

„Der Kapitän eines englischen Schiffes ermordete angeblich den Sklaven und stahl den Diamanten. So ist er in Europa gelandet." Burkes Gesichtsausdruck blieb neutral. „Da alle, die diesen Stein je besaßen, so viel Pech erlebten, sagt man, er sei verflucht."

„Wie viel ist er wert?"

„Rund fünfundsechzig Millionen Dollar."

Darcy verschluckte sich fast. „Gott im Himmel. Und der Louvre hat ihn euch einfach überlassen?"

„Natürlich nur mit dem Versprechen, dass wir ihn zurückbringen." Sein Tonfall war trocken. Er deutete auf den rechten Diamanten. Dieser war kleiner, wie eine Birne geformt und blassgelb. „Das ist der Sancy. Fünfundfünfzig Karat. Er kommt ebenfalls aus Indien und soll einst den Mogulen gehört haben."

„Die von den Mongolen abstammten."

„Ja. Die europäischen Königshäuser hatten ihn abwechselnd in Besitz. Ein französischer Soldat, de Sancy, brachte ihn nach Europa. Wenn man den Gerüchten glauben mag, sollte er von einem Boten zum König gebracht werden, der jedoch angeblich damit durchbrannte. Alle dachten, er hätte ihn gestohlen, doch de Sancy glaubte daran, dass der Mann dem König treu ergeben war. Schlussendlich fanden sie den toten Boten, schnitten ihm den Magen auf und fanden den Sancy darin."

„Okay, das kann man wohl als treu ergeben bezeichnen." Sie legte den Kopf schief. „Was ist er wert?"

„Sechseinhalb Millionen."

Der Betrag war auch nicht zu verachten. „Und beide kommen aus dem Louvre?"

Er nickte. „Als ich hörte, dass der Black Orlov, der auch Orlow-Diamant genannt wird, Teil der Sammlung ist, die im Dashwood ausgestellt wird, wusste ich, dass wir noch eine Schippe drauflegen müssen, um das Interesse des *Sammlers* zu wecken. Ich habe den Louvre davon überzeugt, dem Dashwood den Regent und den Sancy für diese Ausstellung auszuleihen."

Drei unbezahlbare, atemberaubende Diamanten … die alle angeblich verflucht waren.

Darcys Augen fielen auf den größten Diamanten, den Black Orlov.

Das Juwel war wirklich einzigartig. Es war dunkelgrau und wirkte im Kontrast zu den anderen weißen Diamanten in der Halskette, die es umgaben, fast schwarz.

„Der Black Orlov", meinte Burke. „Fast achtundsechzig Karat. Man nennt ihn auch das Auge von Brahma."

Darcy trat näher. „Ich habe mal gelesen, dass er aus einem Schrein in Indien stammen soll."

„Ja. Er wurde aus der antiken Statue des Hindu-Gottes Brahma gestohlen, einem der Schöpfergötter. Von einem jesuitischen Mönch."

„Und auf ihm lastet auch ein Fluch?"

„Man sagt, dass jeder, der dieses Juwel besitzt, Selbstmord begehen wird." In seiner Stimme lag ein Hauch

Amüsement. „Den Gerüchten nach hat sich der Diamantenhändler, der den Black Orlov nach New York brachte, um ihn zu verkaufen, das Leben genommen, indem er von einem Wolkenkratzer gesprungen ist. Später sprangen zwei russische Prinzessinnen, denen er ebenfalls gehörte – eine namens Nadia Orlov, nach der er benannt wurde – ebenfalls in den Tod."

Darcy drehte sich um, um ihn anzusehen. „Du glaubst nicht an den Fluch, oder?"

Er zuckte die Achseln. „Generell glaube ich nicht an Flüche."

„Wir von THS haben schon einige echt merkwürdige Dinge gesehen – verschollene Tempel, unglaubliche Heiltränke und ein paar antike Gegenstände, die von einem mysteriösen Team in Schwarz sichergestellt wurden. Und ich weiß, dass du auch einiges mitbekommen hast."

Seine grünen Augen blieben ausdruckslos.

„Und Team 52 –"

„Lass uns nicht über sie reden." Burke wandte sich wieder dem Koffer zu. „Ich habe noch einen Job für dich."

Sie unterdrückte ein Stöhnen. „War ja klar. Was denn jetzt?"

„Jeder dieser Diamanten braucht einen Peilsender. Und zwar einen, der nicht aufspürbar ist."

Ihr Mund stand offen, während sie die Diamanten anstarrte. „Du willst mich doch verarschen."

„Nein." Burke verschränkte die Arme. Sein Jackett war nicht zugeknöpft, daher hatte sie einen guten Blick auf das weiße Hemd, das sich um seine starke Brust spannte.

Sie versuchte, diese Tatsache zu ignorieren, aber sie war sich sicher, dass sie noch nie zuvor einen Mann mit einer so beeindruckend wohlgeformten Brust gesehen hatte. Eigentlich hatte sie sich FBI-Agenten immer übergewichtig und mit Glatze vorgestellt, aber Burke passte nicht in dieses Schema.

Konzentriere dich, Darcy. „Okay, zunächst mal gibt es keine Technik, die so vollkommen ist. Und was noch problematischer ist: Zwei der Juwelen sind einzelne Steine. Da kann man keinen Peilsender verstecken."

„Ich weiß, dass du der Herausforderung gewachsen bist."

Sie knurrte. „Ich bin gut, Burke, aber ich kann nicht zaubern."

„Du willst mir also sagen, dass du das nicht schaffst?"

Verflucht, sie konnte die Herausforderung in seinen Augen glitzern sehen. Ihre Brüder hatten früh gelernt, dass man sie am schnellsten dazu bewegen konnte, etwas zu tun, wenn man sie auf die Probe stellte.

Es schien, als hätte Burke das auch verstanden. Mist, er manipulierte sie gerade. „Du denkst wohl, du kennst mich ziemlich gut."

„O ja."

Sie schüttelte den Kopf.

„Ich kenne deinen zweiten Vornamen", meinte er.

Ihre Augen wurden groß. Noch nie hatte sie jemandem ihren zweiten Vornamen verraten. „Das kann nicht sein."

„Frag mich doch danach."

Bei seinen Worten kniff sie die Augen zusammen. „Wenn du ihn jemals aussprichst, hacke ich mich in deinen Computer und installiere einen Virus, der dich zum Weinen bringen wird."

Der nervtötende Mann hob eine Augenbraue. „Okay, was ist mit den Peilsendern?"

„Na gut. Ich schaue mal, was ich erreichen kann, aber ich verspreche gar nichts."

Er grinste selbstgefällig. „Gut."

„Wenn ich das schaffe, schuldest du mir was. Etwas Großes."

Seine Augen blitzten. „Du kannst haben, was immer du willst. Ich würde alles tun, damit wir den *Sammler* schnappen."

Sie konnte die eiserne Entschlossenheit in seiner Stimme hören und fragte sich mal wieder, was ihn antrieb. Darcy hob eine Augenbraue und sagte leichthin: „Mit solchen Aussagen solltest du vorsichtig sein, Burke. Du hast ja keinen Schimmer, was ich verlangen könnte."

„Ich glaube, ich kann mit allen Eventualitäten umgehen."

Plötzlich hatte sie den Eindruck, dass sie in Wahrheit über etwas ganz anderes redeten als Peilsender und Diamanten. Etwas ... intimeres. Sie räusperte sich. „Ich muss noch ein paar Anrufe tätigen."

Er schenkte ihr ein schwaches Lächeln. Verdammt. Ihr Magen zog sich zusammen.

Konzentriere dich, Darcy.

KAPITEL DREI

Alastair hatte die Hände in die Hüften gestemmt und betrachtete die Hauptlobby. An den Geländern des Zwischengeschosses waren Banner in glänzendem Rot aufgehängt worden, die fast bis zum Boden reichten. Bilder der verfluchten Diamanten waren auf ihnen zu sehen.

Sie waren einen Tag näher daran, ihre Falle zuschnappen zu lassen.

„Wir sind fast bereit für die große Nacht." Thom stand neben ihm und musterte ebenfalls die Szenerie.

Alastair grunzte. Er bemerkte Darcy im Zwischengeschoss, die ein paar Männer des Museumswachdienstes anwies, die Kameras richtig einzustellen.

In ihren dunklen Jeans, kniehohen Stiefeln und blutrotem Pullover sah sie umwerfend aus. Viel zu umwerfend.

Seit er beim FBI angefangen hatte, hatte er nicht zugelassen, dass ihn irgendetwas oder irgendjemand von seiner Mission abbrachte. Er hatte keine Zeit für Bezie-

hungen. Die Seidenstraße hatte seine Mutter umgebracht. Sie hatten ihr wehgetan, ihr Leben gestohlen und
seines zerstört. Schon als Junge hatte er sich geschworen,
dass er nicht aufhören würde, bis diese kriminelle Organisation in Schutt und Asche lag und seine Mutter
Gerechtigkeit bekommen hatte.

„Alastair?"

Er sah erneut zu Thom, seinem Partner, der gerade
Darcy anschaute, bevor er seine Augen wieder auf ihn
fixierte.

„Ich hoffe, dass du endlich deinen Kopf aus deinem
verdammten Workaholic-Arsch ziehst und dir diese Frau
schnappst."

Alastair würde diese Diskussion *nicht* führen. Er
verschränkte die Arme vor der Brust.

Wie immer schien das Thom absolut nichts auszuma-
chen. Sie arbeiteten schon so lange zusammen, dass
Thom seinen Blicken und Launen gegenüber immun
geworden war, die die jüngeren Agenten jedes Mal
vertrieben.

Thom schüttelte den Kopf. „Sag mir zumindest, dass
du dir einen Smoking besorgt hast?"

Alastair sah finster drein. „Einen Smoking?"

„Ja, einen Smoking, Alastair. Für die elegante Eröffnungsgala, die wir schon seit einigen Wochen planen."

Der ältere Agent ignorierte den offensichtlichen
Sarkasmus. „Ich finde schon etwas zum Anziehen."

Thom, ein wahrer Modefan, hob eine Hand. „Nein,
ich besorge dir etwas."

„Ich habe schon –"

„Das Einzige, was du besitzt, ist mit Sicherheit langweilig und schrecklich geschnitten." Sein Partner betrachtete ihn von Kopf bis Fuß, als ob er Maß nehmen würde. „Überlass das mir."

Es gab deutlich wichtigere Dinge, um die Burke sich kümmern musste, als einen verdammten Smoking. „Die Agenten für die Gala wurden alle unterwiesen."

Thoms Gesichtsausdruck wurde ernst. „Ja. Du hast ein gutes Team zusammengestellt. Und dank der Verstärkung von Treasure Hunter Security sind wir hervorragend aufgestellt."

Alastair hatte nur die Besten gewollt. Er hatte die erfolgreichsten Agenten ausgesucht und aus diesem Grund auch THS einbezogen.

„Und die Sicherheitsüberprüfung der Gäste –"

Thom nickte. „Die Wachmänner werden die Leute an den Türen kontrollieren. Der Direktor des Dashwoods wurde etwas blass, als ich ihm das erklärte, aber er hat zugestimmt. Er hat keine Lust, die Diamanten des Louvre zu verlieren."

Alastair warf erneut einen Blick zum Zwischengeschoss, aber Darcy war weg. Irritation stieg in ihm auf. „Wo ist Darcy?" Sie war bestimmt losgezogen, um sich einen Kaffee zu holen. Schon wieder.

„Sie hat etwas davon gesagt, dass sie mit jemandem über die *verdammt hart zu bekommenden Peilsender reden will, die Agent* Arrogant-und-Nervtötend *haben will.*" Thom grinste breit. „Sie hat dich bei den Eiern."

Burkes Brauen huschten bis zu seinem Haaransatz. „Willst du nach Alaska versetzt werden, Singh?"

„O nein", antwortete Thom. „Ich hasse die Kälte."

„Du hast jemanden angewiesen, Darcy zu folgen,

oder? Die Seidenstraße ist da draußen und beobachtet sie."

„Natürlich habe ich das. Anderson."

Bei dem Namen nickte er zufrieden. Anderson war ein guter und kompetenter Agent.

Genau in diesem Moment vibrierte Alastairs Handy, und er zog es aus seiner Hosentasche. „Burke."

„Sir, hier ist Agent Anderson."

Burke spannte sich an. „Was ist los?"

„Miss Ward hat mich auf der New York Avenue NW abgehängt. Ich weiß nicht, wohin sie will."

Alastair fluchte und legte auf.

„Sie hat Anderson ausgetrickst."

Thom stieß ein Schimpfwort aus.

Der ältere Agent rannte zur Tür. „Ruf mich an, falls sie wieder auftaucht." Doch eigentlich hatte er vor, die kleine Fluchtkünstlerin selbst aufzuspüren und ihr die Meinung zu geigen.

DARCY STIEG aus dem Taxi und sah sich um. Brentwood war keine gute Gegend in Washington, vor allem wegen der hohen Kriminalitätsrate und der Vielzahl alter, heruntergekommener Mietshäuser.

„Danke", meinte sie zum Fahrer.

„Sind Sie sich sicher, dass Sie hierhin wollen, Lady?"

„Alles gut. Danke noch mal."

Sie trat auf den Bürgersteig und schloss die Autotür. Schnell reckte sie ihr Kinn und schritt selbstbewusst weiter. Wenn man wie Beute aussah, wurde man auch zur Beute.

Sofort bemerkte sie ein paar junge Typen, die sie beobachteten, und warf ihnen einen entschlossenen Blick zu. Sie blieben auf ihrer Veranda sitzen, musterten sie weiterhin, bewegten sich jedoch nicht.

Darcy machte einen großen Schritt über einen Spalt im Bürgersteig und ging dann zu einem der heruntergekommenen Wohngebäude um die Ecke. Eigentlich wollte sie klingeln, sah dann jedoch, dass die Tür aufgebrochen war. Sie schüttelte den Kopf, ging hinein und die Treppe hoch. Der Ort war wirklich gruselig und roch nach Rauch, Schweiß und Urin. Sie rümpfte die Nase. *Wie nett.*

Schnell ging sie ins oberste Geschoss und klopfte an eine Tür.

Eine raue Stimme von drinnen rief: „Geh weg!"

„Animal, ich bin es. Darcy Ward."

Die Geräusche hinter der Tür verstummten.

Sie konnte hören, wie die Kette an der Tür gelöst wurde, bevor sie aufschwang. Animal war ein kleiner, drahtiger Mann gemischter Herkunft mit einem Wust an lockigem Haar, das aussah, als wäre es … nun, seit einem Jahr nicht mehr gekämmt worden. Seine braunen Pupillen waren geweitet. Natürlich wusste sie, dass er ein Drogenproblem hatte und Amphetamine mochte – eigentlich alles, was seine Leistungsfähigkeit steigerte und dafür sorgte, dass er weniger Schlaf brauchte.

„Darce." Er wischte sich die Hände an seinen schmutzigen Jeans ab. „Ich bin beschäftigt."

„Ich habe dir doch gesagt, dass ich vorbeikomme." Sie

trat näher, und als er einen Schritt zurückwich, drängte sie sich hinein und schloss die Tür.

Überall im Wohnzimmer standen Computer. Einige waren angeschaltet und arbeiteten, von anderen waren nur noch Einzelteile übrig. Auf dem Hauptbildschirm lief ein Ego-Shooter, und auf einem kleineren Bildschirm führte Animal gerade einen Hack aus. Auf einem weiteren erkannte sie Baupläne für ... irgendetwas.

Die durchgesessene Couch war mit leeren Fastfood-Verpackungen und Bechern bedeckt. *Ekelhaft.*

„Nimm Platz." Er schob ein paar Magazine von einem Hocker, die einfach zu Boden fielen.

„Geht schon, danke." Sobald sie hier raus war, würde sie in Desinfektionsmittel baden.

„Willst du ein ..." Er sah verwirrt aus, während er zur Küche blickte. „Getränk?"

Sie folgte seinen Augen. In der kleinen Küche stapelten sich lauter dreckige Teller. *Herrje, auf keinen Fall.* „Nein, passt schon, danke."

„Wir haben uns lange nicht gesehen, Darce." Animal steckte die Hände in die Hosentaschen, was dafür sorgte, dass seine Baggy Jeans nur noch tiefer rutschten.

„Stimmt", antwortete sie. „Aber ich habe dir eine schöne Herausforderung mitgebracht."

Die Augen des Hackers wirkten aufgeweckter. „Ach ja?"

„Ich brauche nicht aufspürbare Peilsender mit guter Reichweite."

Animals braune Augen wurden nachdenklich. „Ich könnte da was haben. Am besten versteckst du sie in –"

Sie schüttelte den Kopf. „Sie müssen außen angebracht werden und dürfen nicht sichtbar sein. Kein bisschen."

„Darcy –"

„Ich muss die Peilsender auf ein paar Juwelen anbringen."

Animal sah sie eine Sekunde lang an, dann warf er den Kopf zurück und lachte hysterisch. „Völlig unmöglich."

„Natürlich müssen die Peilsender klein sein. Durchsichtig –"

Er schüttelte den Kopf. „Nein."

„Komm schon, Animal. Ich weiß, dass du an viel Zeug rankommst." Sachen auf Militärniveau, experimentelles Zeug. Sie hatte keine Ahnung, wie er das machte oder wer ihm die Sachen gab. Und sie fragte auch nicht danach.

Seine Augen flackerten. „Nein. So etwas habe ich nicht."

„Na komm. Ich bezahle dich auch."

„Bezahlen?"

„Was immer du verlangst."

Einen Herzschlag lang sah es aus, als würde ihn das Angebot verlocken, doch dann schüttelte er erneut den Kopf.

„Ich besorge dir Ausrüstung." Darcy kannte seine Schwäche. „Etwas ganz Neues." Sie dachte nach, und plötzlich kam ihr eine Idee. „Wie wäre es mit einer Drohne? Die Beste, die du je gesehen hast."

Animal zuckte zusammen. „Eine Drohne? Ich mag Drohnen."

„Ich bin mir nicht sicher, ob ich dir eine funktionierende beschaffen kann, aber ich kann dir zumindest ein paar Teile besorgen." Sie zückte ihr Tablet und griff auf ihren privaten Server zu. Dann zeigte sie ihm eine Aufnahme, die eine Hightech-Drohne zeigte, die das mysteriöse Team 52 in Afrika genutzt hatte, als es mit THS auf einer Mission zusammengestoßen war.

Der Blick des Hackers klebte wie gebannt auf dem Bildschirm und seine Augen wurden gierig. Er leckte sich die Lippen. „Die will ich haben."

Sie lächelte und schaltete das Video ab. „Du stellst drei kleine Peilsender her, die man nicht aufspüren oder sehen kann, und ich besorge dir die Drohnenteile."

Seine Augenlider zuckten. „Es wird dauern, sie zusammenzubauen ..."

„Ich brauche sie in zwei Tagen."

„Darce", stöhnte er. „Du bringst mich um."

„Haben wir einen Deal?" Auf keinen Fall würde sie das Risiko eingehen, ihm die Hand zu schütteln. Schließlich wollte sie sich nichts einfangen.

Animal seufzte. „Deal. Manchmal bereue ich es, dass ich dich vor all den Jahren in diesem Gaming-Chatroom getroffen habe."

Sie zwinkerte ihm zu. „Nein, tust du nicht."

Plötzlich ertönte ein Klopfen an der Tür. Sie drehten sich beide um, als die Tür aufflog und zwei Kerle mit Waffen hereinstürmten. Die Typen waren mit Tattoos bedeckt und trugen Baggy Jeans.

Oje. Gangmitglieder.

Der Hacker sah die Männer an. „Oh. Hi, Spider. King."

„Du schuldest uns Geld, Animal", donnerte der

Mann mit dem rasierten Kopf. Das Tattoo einer großen Spinne zierte eine Seite seines Halses.

Der andere war größer und breiter, mit dunklem Haar. Er trug ein enges, weißes Shirt. Sein Blick fiel auf Darcy, und seine Augen leuchteten auf. „Wer ist denn die Sahneschnitte?"

Animal wurde blass. „King, sie ist –"

„Hi, ich bin Darcy", meinte sie. „Ich wollte gerade gehen."

Sie machte einen Schritt nach vorn, aber der dunkelhaarige Mann, King, trat zur Seite und blockierte ihren Weg.

Doppelt oje.

„Hilfe! Hilfe!", schrie Animal.

Die beiden Männer hoben ihre Pistolen. Einer feuerte. Kugeln schlugen in der Wand über Darcys Kopf ein, und sie duckte sich. Animal sprang zur Seite und landete auf einem Tisch voller Müll, der unter seinem Gewicht zusammenbrach.

King ging mit ausgestrecktem Arm auf Darcy zu.

Sie packte ihn, ging in die Knie und verlagerte ihr Gewicht. Dann warf sie ihn über ihre Schulter. Der Typ landete mit dem Rücken zuerst auf dem dreckigen Teppich und blinzelte zur Decke hinauf.

„Meine Brüder waren mal Navy SEALs. Sie haben mir beigebracht, wie man sich selbst verteidigt. Und meine Mutter ist auch keine schlechte Kämpferin."

Spider stand noch aufrecht, hob seine Waffe und zielte auf ihr Gesicht. „Ach ja? Hast du auch einen Trick auf Lager, der eine Kugel abwehrt?"

Darcy erstarrte. *Scheiße.*

Auf einmal sah sie eine Bewegung in der Tür. Burke schritt ins Zimmer, und ihr Herz machte einen Sprung.

Sein Jackett wirbelte hinter ihm hoch und sein Gesichtsausdruck war furchterregend.

Er trat hinter Spider und schlug ihm hart in den Nacken. Der Mann schrie auf und seine Waffe fiel auf den dreckigen Teppich. Spider wollte losrennen, wurde aber von Burkes Faust im Gesicht getroffen. Der Gangster stolperte zurück und Burke packte ihn, drehte ihn herum und rammte ihn mit dem Gesicht zuerst gegen die Wand, bevor er seinen Gürtel auszog.

Wow. Der FBI-Agent kannte keine Gnade.

Darcy bemerkte eine Bewegung im Augenwinkel. King sprang auf die Beine und stürmte auf Burke zu.

Alastairs Gesichtsausdruck änderte sich nicht, sondern blieb ruhig und gelassen. Er trat gegen Kings Arm. Die Waffe ging los und eine Kugel traf die Decke. Dann wirbelte die Pistole herum und landete irgendwo neben der Couch auf dem Boden. Burke schlug ihm hart ins Gesicht und verpasste ihm dann noch einen bösen Haken. King stieß ein schmerzerfülltes Wimmern aus. Der FBI-Agent trat näher, rammte ihm seine Faust in den Magen und direkt danach seinen Ellbogen ins Gesicht.

Bei dem hässlichen Knacken, das den Raum erfüllte, zuckte Darcy zusammen, und King sank gurgelnd auf die Knie.

Burke zog King zu seinem Kumpel und fesselte beide.

Animal stand auf und wirkte vollkommen entsetzt.

Burke deutete mit seinem Finger auf Darcy. „Du und ich werden ein Gespräch miteinander führen."

Sie verschränkte die Arme. „Ich hatte alles unter Kontrolle." Okay, das stimmte zwar nicht, aber sie wusste, dass dieses *Gespräch* verdammt viel Geschrei und Befehle beinhalten würde.

Er kam so nah zu ihr, dass er nur noch wenige Zentimeter entfernt war. „Jemand hat dir eine Waffe ins Gesicht gehalten."

Na schön, das war nicht ganz so gut gelaufen. „Burke –"

Schnell packte er ihren Arm. „Du wirst deine Eskorte nicht noch mal abhängen."

„Ich brauche keinen Aufpasser. Animal ist –", *nicht ganz sauber und tief in illegale Dinge verstrickt,* „– sensibel."

Der Hacker gab ein ersticktes Geräusch von sich und wandte sich Darcy zu. „Du hast *Superman* mitgebracht?"

„Das ist nicht Superman, sondern nur Special Agent *Verdammt-Arrogant-und-Nervtötend.*"

Burkes grüne Augen flackerten auf. Sie war sich ziemlich sicher, dass er sie entweder schütteln oder gleich erwürgen wollte.

„Special Agent!", kreischte Animal.

„FBI", knurrte Burke und warf einen Blick durch die Wohnung.

„Er ist nicht deinetwegen hier." Darcy trat von Burke weg. „Animal besorgt uns die Peilsender."

„Ich kann dir die Hardware beschaffen", meinte Animal. „Aber die Programmierung –"

„Darum kümmere ich mich", erklärte Darcy.

„Geht." Er winkte sie ab. „Wenn irgendjemand sieht, dass das verdammte FBI in meiner Wohnung rumschnüffelt, bin ich ein toter Mann."

„Die Polizei kommt vorbei, um die zwei abzuholen", mischte sich Burke ein.

Animal kreischte erneut und seine Augen wurden groß. „Die *Polizei*." Panisch blickte er hin und her.

„Wir ziehen sie in den Flur", befahl Darcy.

Der FBI-Agent neben ihr knurrte.

„Danke, Animal", trällerte sie fröhlich.

Seine Reaktion bestand in einem bitterbösen Blick.

Während Burke die Pistolen vom Teppich einsammelte, zuckte sein Kiefer. Danach zerrte er die beiden stöhnenden Gangmitglieder in den Flur. Darcy folgte ihm, und Animal warf die Tür zu, sobald sie draußen waren. Einige Sekunden später kamen zwei Polizisten in Uniform die Treppe hoch.

„Agent Burke?", fragte einer von ihnen.

„Ja. Ich habe hier zwei Gangmitglieder für Sie. Beide haben Ms. Ward bedroht und dabei ihre Waffen auf sie abgefeuert." Mit diesen Worten reichte er ihnen die Pistolen.

Einer der Polizisten betrachtete die beiden gefesselten Männer. „Hey, Spider. King." Er sah Burke an. „Wir übernehmen dann."

Alastair nickte, packte Darcys Arm und zerrte sie die Treppe hinunter.

„Burke –"

„Sei still."

„Ernsthaft, ich –"

„Du ziehst Schwierigkeiten einfach magisch an."

Sie schnaubte. „Also hör mal –"

Mit einer schnellen Bewegung stieß Burke sie gegen die Wand. Sie riskierte einen Blick in sein Gesicht und keuchte auf. Seine sonst so eiserne Kontrolle löste sich vor ihren Augen in Luft auf.

„Wage. Es. Nicht. Noch. Etwas. Zu. Sagen." Seine Stimme klang angestrengt und zischend.

„Gib mir keine Befehle, Alastair."

„Du hast sie aber dringend nötig."

„Bitte was? Mein Hirn funktioniert wirklich ausreichend gut –"

Er lehnte sich zu ihr und seine Nase berührte ihre. „Du solltest jetzt still sein." Irgendetwas blitzte in seinen Augen auf. „Schließlich habe ich im Flugzeug einen Weg gefunden, dafür zu sorgen, dass du schweigst und dich aus Schwierigkeiten raushältst."

Ihr Herz hämmerte in ihrer Brust, aber nicht, weil sie Angst hatte. Sie leckte sich die Lippen, und sein Blick fiel auf ihren Mund.

„Du bist so verdammt arrogant –"

Sein Mund presste sich auf ihren. Angefeuert von seiner Wut und all den aufgestauten Gefühlen, stach seine Zunge regelrecht in sie hinein. Sie stöhnte und umkreiste seine mit ihrer, wobei sie sich an ihn drückte. Der Kuss war leidenschaftlich und intensiv.

Mit einem unleserlichen Gesichtsausdruck zog er sich zurück. Darcy versuchte, ihr Hirn zur Arbeit zu bewegen, aber offensichtlich war es gerade kurzzeitig ausgefallen.

Plötzlich nahm Burke ihre Hand und zog sie zur Tür.

KAPITEL VIER

S obald er den Wagen vor dem Dashwood Museum geparkt hatte, sprang Alastair heraus und stürmte zur Beifahrerseite. Darcy hatte das Auto jedoch bereits verlassen, daher packte er ihre Hand und zerrte sie hinter sich her. Dabei konnte er ihre Absätze rhythmisch auf dem Bürgersteig klackern hören.

„Burke, hör auf, mich wie einen Hund hinter dir herzuschleifen", knurrte sie.

Er ignorierte sie und lief die breiten Marmorstufen hinauf, an den eleganten Säulen vorbei und direkt ins Museum.

Sobald sie drinnen waren, löste sich die Anspannung in seiner Brust. Sie war in Sicherheit. Endlich konnte er aufatmen.

Auf der gesamten Fahrt zurück zum Museum hatte er unaufhörlich das Bild von Darcy in dieser beschissenen Wohnung vor Augen gehabt, während man ihr eine Waffe an den Kopf hielt.

Alastair drehte sich zu ihr um. „Du musst lernen, Befehle zu befolgen."

„Ich bin weder Soldatin noch ein Roboter." Sie reckte ihr Kinn. „Du solltest dich weniger wie ein Diktator und mehr wie ein Mensch verhalten. Formuliere deine Befehle mal als Bitte, benutz deine Manieren, zeig ein paar Gefühle."

„Ich habe Gefühle."

„Wirklich? Du zeigst praktisch nie auch nur einen Hauch davon."

In der Tat durchströmte ihn in diesem Moment eine chaotische Welle an Emotionen, allem voran Wut. Er atmete tief ein.

„Du bist einfach so verdammt ehrgeizig", murmelte sie. „Manchmal habe ich das Gefühl, dass du an nichts anderes denkst, als die Seidenstraße zu zerschlagen."

Jahrelang war das wirklich alles gewesen, was ihn gekümmert hatte. Alles, was ihn kümmern sollte. „Glaubst du, dass du länger als ein paar Minuten keine Schwierigkeiten anziehen kannst?"

Sie verschränkte die Arme, und er bemühte sich, nicht darauf zu achten, wie die Geste ihre Brüste unter dem verlockend roten Pullover betonte.

„Nein", antwortete sie trotzig.

„Darcy –" Seine Stimme war kaum mehr als ein Knurren.

„Du wolltest die Peilsender, und ich habe sie besorgt."

„Was ich will, ist, dass du in *Sicherheit* bist." Das vorletzte Wort war fast ein Aufschrei und hallte in der ganzen Lobby wider. Verdammt, diese Frau brachte seine Nerven wirklich an ihre Grenzen.

„Das werde ich nicht sein, bis die Seidenstraße ausgelöscht wurde. Keiner von uns wird das sein."

Er starrte sie an, und er wusste, dass sie recht hatte. Ihm war klar, dass sie gewillt war, alles zu riskieren, sogar ihre eigene Sicherheit, nur um diese Gruppe auszulöschen. Darcy wollte ihre Freunde und ihre Familie schützen.

Das verstand er besser als jeder andere. Doch noch etwas anderes trieb ihn an – Rache.

„Willst du das nicht auch?", fragte sie. „Diese Typen endlich aufhalten?"

„Nicht, wenn der Preis dafür dein Leben ist." Schockiert zuckte er zusammen, als die Worte seine Lippen verließen.

Ihre Augen weiteten sich.

Thom erschien neben ihnen und räusperte sich: „Kinder, jeder im Museum kann euren Streit hören."

Darcy schüttelte ihren Schock ab. „Thom, ich brauche Koffein."

Der Mann neigte den Kopf und lächelte. „Ich hole dir einen Latte, Darcy."

Breit grinsend strahlte sie den Mann an. Für Burkes Partner hatte sie immer ein Lächeln übrig.

„Chai, bitte."

„Klar."

„Extra stark." Sie zog eine Grimasse. „Ich würde auch zu einem zusätzlichen Schluck Whisky nicht Nein sagen." Dabei sah sie Alastair an. „Vielleicht brauche ich den, um meinen Mut zu sammeln."

Alastair kniff die Augen zusammen. „Wieso?"

„Ich muss dir noch etwas beichten."

Er stemmte eine Hand in seine Hüfte und blickte auf seine Schuhe. Nach dem Kampf gegen Spider und King waren sie staubig, und Alastair bevorzugte sie glänzend. Er atmete tief ein und fragte sich, was zur Hölle sie als Nächstes sagen würde, um ihn erneut in den Wahnsinn zu treiben.

„Spuck es aus."

„Ich habe Animal eine Bezahlung für die Peilsender versprochen."

Der Agent seufzte. „Wie viel?"

„Er will kein Geld."

Ein Kribbeln breitete sich in Alastairs Nacken aus, wie immer, bevor etwas Schlimmes passierte. „Das wird mir nicht gefallen, oder?"

Sie warf ihm ein zögerndes Lächeln zu. „Du musst mir einen Kontakt zu Team 52 verschaffen."

Er holte tief Luft. „Auf gar keinen Fall."

„Doch. Er will sich ihre beeindruckende Drohne ansehen. Darauf steht Animal nun mal. Er zerlegt gern neumodische Technik."

„Das sind nicht die Art Leute, in deren Fokus du landen willst, Darcy."

„Du hast gesagt, sie gehören zu den Guten."

„Sie sind ein Undercover-Black-OPs-Team. Sie tun *alles*, um ihr Missionsziel zu erreichen, ganz egal, was es kostet. Sie werden ihre experimentelle Technik nicht einfach so an einen drogensüchtigen Hacker übergeben."

„Animal ist harmlos." Sie stützte sich auf ihre Hüfte. „Und ich bin mir ziemlich sicher, dass Team 52 genauso viele Gründe hat, die Seidenstraße am Boden sehen zu wollen wie wir."

Alastair atmete langsam aus. „Sag deinem Freund, dass wir ihn bar bezahlen."

„Das wird er nicht annehmen. Ihn interessiert nur Technik."

„Darcy."

„Okay, hör zu. Wenn du diese Peilsender willst, musst du ihm etwas Besonderes dafür geben. Es können auch nur Einzelteile sein. Die Drohne muss ja nicht mal funktionieren."

Alastair legte eine Hand in seinen Nacken. „Ich werde sehen, was ich tun kann."

Bei diesem Zugeständnis klatschte sie in die Hände. „Danke." Sie legte den Kopf schief. „Hast du nicht bald ein Meeting im FBI-Hauptquartier?"

Er kniff die Augen zusammen. „Woher zur Hölle weißt du das?"

Sie blinzelte. „Du hast es bestimmt mal erwähnt, oder?"

„O nein." Er sah sie böse an. „Bitte sag mir, dass du nicht schon wieder meinen Computer gehackt hast."

„Wer? Ich?"

Der Agent knurrte und sah seinen Partner an. „Ich fahre zum Hauptquartier. Ich habe nämlich tatsächlich ein Meeting, und außerdem muss ich jetzt noch jemanden anrufen." Er warf Darcy einen Blick zu. „Bleib im Museum, hacke nicht noch einmal das FBI und halte dich von Schwierigkeiten fern."

Sie zog eine Grimasse.

„Bitte."

Ihre Augen wurden sanfter und ihre Mundwinkel zuckten. „Ich verspreche, dass *mich-von-Schwierigkeiten-fernhalten* mein zweiter Vorname ist."

Thom gab ein ersticktes Geräusch von sich, das eindeutig ein erbärmlich unterdrücktes Lachen war.

„Nein, dein zweiter Vorname lautet Aphrodite. Darcy Aphrodite Ward."

Ihr Mund formte ein großes *O*. „Ich habe dir doch gesagt, dass ich mich rächen würde, wenn du das jemals laut aussprichst."

„Tatsächlich finde ich den Namen wirklich schön, und Thom wird es niemandem erzählen." Alastair sah seinen Partner an. „Pass gut auf sie auf."

Thom nickte. „Na klar."

„Nachdem du mir meinen Latte besorgt hast", fügte Darcy hinzu.

Alastair warf einen letzten Blick auf Darcy, bevor er hinausging. Verdammt, sie brachte ihn völlig durcheinander. Schnell eilte er die Treppe hinunter zu seinem Wagen.

Sein ganzes Leben hatte er der Zerschlagung der Seidenstraße gewidmet. Er hatte geholfen, das Kunstraub-Team zu gründen, das sich auf die Verbrechen der Seidenstraße konzentrierte. Seine gesamte Karriere hatte er damit verbracht, Informationen über das Syndikat und die Anführer zu sammeln. Schließlich hatte er es dem Andenken seiner Mutter versprochen, dass er *alles* dafür tun würde, um sie bezahlen zu lassen. Egal, um welchen Preis.

Doch jetzt war das Leben einer Frau wichtiger als seine Mission.

Alastair hielt am Ende der Treppe inne. Er dachte an seine Mutter – an ihr Lächeln und ihre Sanftheit. Dann erinnerte er sich an den furchtbaren Moment, als er eingesperrt und gefangen den Todesschreien seiner Mutter gelauscht hatte. Vollkommen hilflos.

Der Agent biss so fest die Zähne zusammen, dass es wehtat, bevor er zu seinem Wagen ging und auf dem Fahrersitz Platz nahm. Er war entschlossen, die Seidenstraße auszumerzen, und er würde persönlich dafür sorgen, dass Darcy Ward am Leben blieb. Doch er durfte nicht weiter zulassen, dass sie ihn so beeinflusste, und er musste wirklich aufhören, sie zu küssen.

Ihm blieb nichts anderes übrig, als mehr Distanz zwischen sie zu bringen und sich voll und ganz auf seinen Job zu konzentrieren.

Zurück im FBI-Hauptquartier ging er durch die Büros und lauschte den vertrauten Geräuschen seiner Kollegen, die ihrer Arbeit nachgingen. Mitarbeiter wuselten herum, Telefone klingelten. Einige Agenten begleiteten Leute zum Verhör.

Er nahm an seiner Besprechung teil und informierte seinen Chef. Danach schloss er sich in seinem Büro ein und holte seinen Laptop hervor. Er tippte auf die Tastatur und tätigte einen Videoanruf.

Ein tätowierter Mann erschien, dessen dunkle Sonnenbrille sein Gesicht dominierte. „Hallo, Agent Burke. Bitte warten Sie."

„Danke, Brooks."

Das Bild verschwamm, bevor ein hartes, raues Gesicht auf dem Bildschirm erschien. Stoppeln bedeckten den kräftigen Kiefer des Mannes, der ihn mit kühlen, goldenen Augen ansah.

Furchteinflößende, prüfende Augen.

„Burke", stellte der Mann fest.

„Hunter." Der Anführer von Team 52 sah so knallhart aus wie immer. „Ich habe in letzter Zeit ein paar ziemlich wilde Berichte aus Las Vegas gehört."

Team 52 hatte seine Basis außerhalb von Las Vegas. Die meisten ihrer Missionen waren streng geheim, aber Alastair war ihnen schon ein paar Mal begegnet. Das Undercover-Team hatte die Aufgabe, bestimmte Objekte und Artefakte zu sichern. Antike Technologien, die besondere Fähigkeiten besaßen – gefährliche Fähigkeiten.

Alastair war schockiert gewesen, als er erfahren hatte, dass der herkömmliche Geschichtsunterricht einiges aussparte und es vor langer, langer Zeit fortschrittliche menschliche Zivilisationen gegeben hatte. Diese Zivilisationen waren durch die steigenden Fluten am Ende der letzten Eiszeit ausgelöscht worden. Gelegentlich tauchten Artefakte aus diesen Kulturen auf. Artefakte mit Fähigkeiten, die sie nicht vollständig verstanden und um die böse Menschen – wie die Söldner und Anführer der Seidenstraße – kämpften, weil sie sie in die Finger bekommen wollen.

Vor kurzem hatte Alastair von mehreren Vorfällen in Las Vegas gehört. Er wusste, dass es etwas mit einem gestohlenen Artefakt zu tun hatte, das Team 52 wiederbeschaffen sollte.

Einen Moment lang schwieg Hunter, aber ein

leichtes Zucken durchfuhr seine Lippen. „Ja, war ziemlich rasant."

Alastair war überrascht. Normalerweise lächelte Hunter nicht. Niemals. Er betrachtete den Mann jetzt eindringlicher. Im Grunde sah er immer noch so hart aus wie eh und je, aber er wirkte irgendwie ... entspannter.

„Was kann ich für dich tun, Burke?"

„Du weißt darüber Bescheid, dass ich der Seidenstraße eine Falle stelle?"

Der Mann nickte. „Mit den verfluchten Diamanten. Ein guter Köder."

„Dafür brauche ich Peilsender, die ich an den Diamanten anbringen kann."

Hunter öffnete den Mund, aber Alastair hob schnell eine Hand. „Die habe ich schon. Ein ... Verbündeter stellt sie für uns her. Ein exzentrischer Erfinder."

„Zivilist?"

Bei der Frage dachte Alastair an Animal. „Ja. Im Gegenzug wünscht er sich fortschrittliche Technologie, die er studieren kann. Und er hat von eurer Drohne gehört."

Hunters Gesichtsausdruck wurde finsterer.

„Sie muss ja nicht funktionieren, Hunter. Wir brauchen nur ein paar Teile."

„Das kann doch nicht dein Ernst sein, oder?"

„Hilf uns, die Seidenstraße ein für alle Mal auszulöschen. Das wird uns allen die Arbeit auf Dauer erleichtern. Und die Welt wird ein wenig sicherer werden."

Der andere Mann atmete tief aus.

„Ich will die Seidenstraße erledigen", fügte Alastair

hinzu. „Sie machen Jagd auf Leute, mit denen ich arbeite. Menschen, die ich in Sicherheit wissen will."

Goldene Augen blitzten auf. „Etwa eine Frau?"

Alastair antwortete nicht, sondern hielt Hunters Blick stand.

Offensichtlich brauchte Hunter jedoch keine verbale Antwort. „Verdammte Frauen und ihre hübschen, cleveren Hintern. Sie können einen dazu bewegen, Dinge zu tun, über die man vorher nie nachgedacht hat."

Alastair blinzelte. Verdammt, hatte Hunter sich etwa eine Frau geangelt?

„Na gut", stimmte der Mann zu. „Brooks wird dir ein paar Teile bringen. Aber nicht viele, und keine, die für die grundlegende Funktion notwendig sind. Dafür muss ich allein einen Krieg mit unserem Technik-Guru anfangen. Er wird sich von keinem Stück trennen wollen. Ganz zu schweigen von dem, was mein Boss sagen wird."

Alastair nickte. „Danke. Ich schulde dir was."

Hunter grinste zustimmend. „O ja, und eines Tages werde ich den Gefallen einfordern. Pass auf deine Frau auf, Burke." Der Bildschirm wurde schwarz.

Plötzlich hämmerte jemand an Alastairs Bürotür. Ein Junior-Agent kam mit einem panischen Gesichtsausdruck herein.

Burke sprang sofort auf die Beine. „Was ist los?"

„Ein Problem im Dashwood, Sir. Alle Alarme sind losgegangen –"

Mit drei Schritten war Alastair bei ihm und packte ihn am Kragen. „Bericht, sofort."

„Irgendeine Art chemischer Angriff. Direkt in der Hauptlobby."

Genau dort hatte er Darcy zum Arbeiten zurück-gelassen.

Sofort rannte Alastair aus dem Raum. Dieses Mal war die Seidenstraße zu weit gegangen.

Darcy. Er musste augenblicklich zu ihr.

DARCY STOLPERTE HUSTEND durch den weißen Nebel, der den Raum erfüllte. Ihre Augen brannten und Tränen liefen ihr übers Gesicht. Außerdem schmerzte ihre Brust, und sie atmete schwer ein, in dem kläglichen Versuch, ihre Lungen mit frischer Luft zu füllen.

Um sie herum erklang Gestöhne und Geschrei. Andere Menschen versuchten, dem Gas zu entkommen. Ihr Sichtfeld war verschwommen, und sie war sich nicht einmal sicher, ob sie auf dem Weg zur Tür war. Eigent-lich hatte sie gerade an einer Vitrine gearbeitet, und alles war in bester Ordnung gewesen. Doch dann hatte sie plötzlich den stechenden Geruch von Bleichmittel wahr-genommen.

Ihr Zeh stieß gegen irgendetwas. Nein, *irgendjeman-den*. „Sie müssen aufstehen." Sie erkannte, dass der Nebel am Boden noch dichter war.

Stöhnend zerrte sie an der Person und hörte sie schwer husten. Darcy zerrte die Frau auf die Beine und sie stolperten gemeinsam weiter.

Das Brennen in Darcys Brust wurde immer schlim-mer. Ein Hustenanfall überwältigte sie, und die Frau, der sie gerade half, zog sich zurück. Sie versuchte, Luft einzuatmen, aber es schmerzte zu sehr. Langsam sank sie zu Boden.

Gott, sobald dieser Job vorbei war, würde sie ans Meer reisen. Sie würde eine schöne Ferienvilla am Strand buchen, mit einem Swimmingpool, ganz ohne böse Jungs. Ihre benebelten Gedanken überschlugen sich und sie fragte sich, wie Alastair wohl aussehen würde, wenn er ohne Hemd aus dem Pool steigen würde.

Sie hustete wieder und schluckte einen Schmerzensschrei hinunter. Mittlerweile konnte sie kaum noch atmen.

Plötzlich sah sie Gestalten im Rauch vor sich auftauchen. Riesige Gestalten. Ihr Herz krampfte sich in einem Moment der Panik in ihrer Brust zusammen.

Darcys Sicht klärte sich für den Bruchteil einer Sekunde, und sie erkannte, dass es Menschen in Schutzanzügen waren. Sie versuchten, den Leuten zu helfen, die auf dem Boden zusammengebrochen waren.

Sie hob eine Hand und versuchte, um Hilfe zu rufen, aber niemand entdeckte sie. Erschöpft rollte sie sich auf dem Boden zu einer Kugel zusammen. Alles tat weh, und sie konnte nicht mehr atmen.

In diesem Moment schoben sich starke Arme unter sie und hoben sie hoch. Sie blickte in Alastairs Gesicht. Er trug keinen Schutzanzug, aber er hatte eine Maske auf.

„Ich bin da." Seine Stimme war gedämpft. Er zog sie näher an seine Brust und schritt mit ihr durch die Lobby.

„Alastair –" Erneut musste sie stark husten.

„Nicht reden." Er eilte mit ihr nach draußen und joggte die Treppe hinunter.

„Ich habe … gerade einen Angriff überlebt … und du bist trotzdem noch so verdammt herrisch." Während sie die Worte aussprach, ließ sie ihren Kopf auf seine Schulter sinken.

„Und du redest immer noch. Sei ruhig, Darcy."

„Danke …, dass du mich da rausgeholt hast."

Mit einem Kopfschütteln machte er sich auf den Weg zu einem der Krankenwagen, die draußen warteten. Überall waren Menschen – Polizisten, Agenten, Sanitäter, Feuerwehrleute. Sie kamen an Thom vorbei, der mit einem Sanitäter zusammensaß, eine Sauerstoffmaske über dem Gesicht, sein Haar zerzaust.

Burke setzte sie auf eine Trage. „Checkt sie durch."

Ein männlicher Sanitäter erschien im Blickfeld.

„Sofort", befahl Burke.

Der Sanitäter beugte sich über sie und legte eine Sauerstoffmaske auf ihren Mund, bevor er ihre Vitalwerte abnahm.

Burke wollte zurücktreten, doch Darcy packte seine Hand und drückte sie fest. Seine Finger legten sich um ihre, und er kam wieder näher.

„Was … ist denn passiert?" Der Schmerz in ihrer rauen Kehle ließ sie zusammenzucken.

„Ein Chlorgasangriff. Man hat es mir mitgeteilt, als ich auf dem Weg hierher war."

„Diese verdammte Seidenstraße." Sie hustete erneut.

„Versuchen Sie, nicht zu sprechen", meinte der Sanitäter.

„Darin ist sie nicht besonders gut", murmelte Burke.

Darcy versuchte, ihn über den Rand der Maske böse

anzustarren, aber sie fing erneut an zu husten, was ihren Plan vereitelte.

„Chlorgas ist eine gängige Chemikalie", erklärte Burke. „Es ist leicht, sie zu erwerben und in ein Museum zu schmuggeln. Wir suchen gerade nach der Quelle." Seine Finger streichelten ihre Hand.

„Mit Ihnen ist alles in Ordnung." Der Sanitäter wich zurück. „Jetzt, da Sie dem Gas nicht mehr ausgesetzt sind, werden Ihre Symptome wieder nachlassen. Es wird Ihnen bald besser gehen. Der Kontakt war nicht lange genug, um dauerhafte Schäden zu verursachen, aber Sie sollten sich trotzdem von einem Arzt untersuchen lassen."

Darcy sah, wie Burke erleichtert ausatmete. Er nickte dem Sanitäter zu. „Danke." Sanft streichelte er ihr Haar und strich es hinter ihr Ohr.

Die Sorge in seinen grünen Augen löste ein Zittern in ihr aus.

„Du kannst dich einfach nicht von Schwierigkeiten fernhalten", meinte er.

„Das ist wohl kaum meine Schuld."

„Was zur Hölle!", erklang eine wütende, männliche Stimme.

„Oje", murmelte sie hinter ihrer Maske. „Jetzt geht das wieder los."

Dec erschien mit einem flammendroten, wütenden Gesicht. Er lehnte sich vor und umarmte sie fest. „Gott sei Dank." Ihr Bruder atmete hörbar aus. „Du fährst sofort zurück nach Denver."

„Nein." Sie starrte ihn böse an.

Burkes Gesichtsausdruck wurde hart. „Ich stimme mit Declan überein."

Darcy sah zu ihm hoch und Entsetzen zeigte sich in ihren Zügen. „Was? Nein. Ich werde das zu Ende bringen."

„Die Seidenstraße verstärkt ihre Angriffe", erklärte der FBI-Agent. „Sie wissen, dass wir etwas vorhaben und du ein Bestandteil des Plans bist."

„Das ist noch ein Grund mehr, warum ich das zu Ende bringen will", erwiderte sie.

„Der *Sammler* wird sich nicht aufhalten lassen." Auf Burkes Gesicht zeigte sich Entschlossenheit. „Und er könnte dich dabei töten."

Dec drehte sich zu ihm um. „Du hast versprochen, sie zu beschützen."

Der FBI-Agent streckte sich. „Ich werde nicht zulassen, dass sie noch einmal verletzt wird. Tatsächlich werde ich sie nicht mehr aus den Augen lassen."

„Hallo! Ich bin eine erwachsene Frau, ihr Macho-Neandertaler."

Beide Männer drehten ihren Kopf zu ihr und starrten sie mit bösen Blicken nieder. Zum Glück hatte Darcy viel Erfahrung damit, wie man mit Alphamännern umgehen musste.

„Ich werde das zu Ende bringen", wiederholte sie.

Die Blicke wurden noch eindringlicher.

Sie riss ihre Maske runter. „Na gut, dann klebt ihr beide halt wie Schatten an mir und helft mir dabei. Aber steht mir bloß nicht im Weg oder versucht, mich aus dem Spiel zu nehmen."

Dec und Burkes Blicke blieben eisern, und sie reckte ihr Kinn.

„Scheiße", murmelte Dec. „Den Ausdruck kenne ich. Sie wird nicht nachgeben."

„Dann lege ich ihr eben Handschellen an und zerre sie in den Flieger", erklärte Burke entschieden.

Darcy kniff die Augen zusammen. „Versuch es doch."

„Führe mich nicht in Versuchung." Sie starrten einander noch ein paar Sekunden an, dann nickte der FBI-Agent kurz. „Ich werde dich jede Sekunde des Tages begleiten, bis das hier erledigt ist."

Schmetterlinge flatterten in ihrem Bauch. Hm, das würde interessant werden. „Können wir jetzt weiterarbeiten?", fragte sie. „Und wegen der Peilsender ..."

„Ich habe besorgt, was du brauchst", entgegnete Burke.

Ihre Augen wurden groß. „Ernsthaft? Das ist super. Ich könnte dich küssen."

Die Spannung zwischen ihnen änderte sich und sie beobachtete, wie sein Blick auf ihre Lippen fiel.

Nein. Kämpfe dagegen an. Darcy spürte ein Kribbeln an Stellen, wo sie keines fühlen wollte, vor allem nicht, wenn ihr Bruder zusah. Dec bemerkte normalerweise alles. Seine Augen wurden schmal, während er sie und Alastair musterte.

Ein Agent rief nach Burke. Er hielt eine Hand hoch, bevor er Dec ansah. „Bleib bei ihr, bis ich mich darum gekümmert habe."

Dec grunzte zustimmend und sie beobachteten, wie der Mann loszog. Jemand reichte ihm einen Kopfhörer und er steckte ihn in sein Ohr. Menschen umkreisten ihn.

„Wir müssen das beenden, Dec." Darcy sah zu all dem Chaos um sie herum. All das hatte die Seidenstraße heraufbeschworen. Ihr Blick fiel auf eine aufgelöste Frau, die sich hustend auf einem Sanitäter abstützte.

Dec atmete tief aus und nickte. „Das weiß ich doch."

„Ich will, dass alle in Sicherheit sind. Und du musst auch an Layne denken."

„Ja."

„Sie vermisst dich bestimmt."

Ein Lächeln zierte die Lippen ihres Bruders, als er an seine Frau dachte. „Ich vermisse sie auch. Aber die Zeit der Trennung macht das Wiedersehen nur umso schöner."

Darcy hob eine Hand. „Pfui, hör auf." Doch dann lächelte sie. „Ich freue mich wirklich für dich, Dec. Sie liebt dich unendlich, und du siehst sie genauso an wie Dad, Mom." Ihren Worten folgte ein starker Seufzer.

Ihr Bruder packte ihre Schultern. „Du wirst auch noch den richtigen Mann finden, Darce. Und falls er dich jemals schlecht behandelt, erschieße ich ihn einfach."

Sie stieß ihn mit der Schulter an. „Ich war noch nie verliebt. Klar, ich fand schon ein paar Typen gut, aber –"

Sein Körper spannte sich an. „Hör auf. Es gibt Dinge, die ein Bruder nicht hören will. Niemals."

Sie lachte und suchte mit den Augen nach Alastair. Natürlich sah er aus, als würde er gerade Befehle erteilen. Das war keine Überraschung.

„Was dich und Burke angeht –", begann Dec.

„Es gibt kein mich und Burke."

„Du bist eine kluge Frau, Darcy."

Sie winkte mit der Hand ab und erwiderte leichthin: „Er ist mit seinem Job verheiratet, Dec. Ich will ... ich will mehr sein als die zweite Wahl. Und ich habe kein Interesse daran, nur Reste zu bekommen." Sie hatte schon ein paar Typen gedatet, für die sie keine Priorität gewesen war. „Tatsächlich wünsche ich mir einen Mann, der mich vom Hocker reißt und mich an erste Stelle setzt. Ich wünsche mir eine Liebe wie im Märchen."

Ein Stirnrunzeln breitete sich auf dem Gesicht ihres Bruders aus. „Du verdienst jemanden, der dich liebt. Aber Liebe läuft nicht immer wie im Märchen, Darce. Es gibt gute und schlechte Tage, Streits und Gelächter. Es ist ein Geben und Nehmen. Jemanden zu lieben, ihn in Sicherheit und glücklich wissen zu wollen, erfordert Arbeit, aber die Liebe ist das alles wert."

Sie gab ein nachdenkliches Summen von sich.

„Falls du denkst, dass Mom und Dad sich nicht streiten oder einander manchmal umbringen wollen, liegst du falsch."

Darcy bemerkte, dass Alastair zu ihnen zurückkam. Sein Gesicht wirkte konzentriert und sie wusste, dass er über ein Dutzend Dinge nachdachte. Gegenwärtig hatten sie einen Job zu erledigen. Das war das Einzige, auf das sie sich konzentrieren sollte.

Sie fuhr sich mit der Hand durchs Haar und versuchte, es zu glätten. „Könnt ihr im Museum klar Schiff machen, damit ich weiterarbeiten kann?"

Dec stemmte die Hände in die Hüften und sah zum Himmel.

„Heute wirst du keinen Finger mehr rühren", erwiderte Burke.

Sie blinzelte. „Warum?"

„Du warst gerade einer Chemikalie ausgesetzt. Jetzt wirst du zurück ins Hotel fahren und dich ausruhen."

„Ähm, herzlichen Dank für deine Besorgnis, aber nein." Darcy schwang die Beine von der Trage und stand auf.

Dec beobachtete sie immer noch, wirkte jedoch plötzlich amüsiert. „Ausnahmsweise stimme ich ihm zu."

„Sei du lieber still", befahl sie.

„Du wirst dich ausruhen", erklärte Burke stur.

„N. E. I. N. Falls du es noch nicht verstanden hast, das Wort bedeutet, dass ich deine Befehle nicht befolgen werde."

Sein Gesichtsausdruck veränderte sich und wurde finster. Plötzlich legte er seine Hände um Darcys Taille, die bei seiner Berührung keuchte. Schwungvoll hob er sie hoch und warf sie über seine breiten Schultern.

Ihr stockte der Atem. Das hatte er *nicht* gerade wirklich getan.

„Lass mich runter!"

„Nein." Er stakste mit ihr zu seinem Wagen.

„Burke!" Sie hob den Kopf und bemerkte, dass alle sie beobachteten.

„Nein."

„Du bist so *nervtötend*."

Kurz darauf fand sie sich auf dem Beifahrersitz seines Autos wieder. Schmollend verschränkte sie die Arme vor der Brust und starrte aus dem Fenster.

Dieses arrogante, nervige Arschloch.

KAPITEL FÜNF

„**E**s geht mir gut."

Alastair ignorierte Darcys Zusicherung, während er ihr in die Lobby ihres Hotels folgte.

Er fühlte sich unruhig, das Adrenalin pulsierte noch immer in seinem Körper. Die Angst, die er empfunden hatte, war überwältigend gewesen. Die verrückte Fahrt vom FBI-Hauptquartier zum Dashwood hatte sich wie eine Ewigkeit angefühlt.

Und mit jedem Kilometer hatte er Bilder vor seinem inneren Auge gesehen, die Darcys Tod gezeigt hatten. Sie hatte ihn einfach verlassen. Als er schließlich, nach endlosen Minuten, angekommen war, war er die Eingangstreppe hinaufgesprintet und hatte sich durch die Agenten gekämpft, die versucht hatten, ihn aufzuhalten.

Früher hatte ihn die Rache für seine Mutter angetrieben.

Doch jetzt ... die Seidenstraße hatte keinen Schimmer, welches Biest sie in ihm geweckt hatte.

Darcy drückte den Aufwärtsknopf im Aufzug. „Ich kann allein auf mein Zimmer gehen, Burke. Oder noch besser: Ich könnte einfach weiterarbeiten."

Die Türen öffneten sich, und er schubste sie hinein.

Sie drehte sich um und der Trotz strahlte geradezu aus ihr heraus. „Glaub bloß nicht, dass ich deine Höhlen-menschen-Taktik vorm Museum vergessen habe –" Ihre Worte wurden von einem Keuchen unterbrochen.

Alastair beobachtete, wie ihr Gesicht blass wurde und sie langsam zusammenbrach. Er eilte zu ihr, legte einen Arm um sie und fing sie auf, bevor sie auf den Boden fallen konnte.

„Was wolltest du sagen?", murmelte er.

„Mir ... mir ist ein wenig schwindelig."

Er fluchte leise und hob sie hoch. Als sie in Darcys Etage ankamen, öffneten sich die Türen und er trug sie durch den Flur. „Du musst endlich anfangen, auf mich zu hören."

„Vielleicht würde ich das, wenn du den Befehlston sein lässt. Wie wäre es, wenn du mich bittest, mit mir diskutierst und einfach mal deinen Charme spielen lässt?"

„Ich bin es gewohnt, Befehle zu erteilen."

Sie schnaubte. „Darauf wäre ich niemals gekommen."

„Ich ... Höflichkeiten sind nicht mein Metier." Zum einen hatte er darin keine Übung und zum anderen kosteten sie Zeit. Es war ihm lieber, wenn er eine Sache so schnell wie möglich erledigen konnte.

„Du bist ein kluger Mann, Burke." Dunkle Brauen hoben sich über blau-graue Augen. „Ich bin mir ziemlich sicher, dass du das schaffen kannst. Übung macht den Meister."

Sie kamen an ihrer Tür an und er musterte ihr Gesicht. Langsam hatte sie wieder eine gesunde Hautfarbe. Sachte ließ er sie an der Wand herunter und nahm ihr die Schlüsselkarte aus der Hand, doch sie entriss sie ihm.

„Weißt du noch, was ich vor zwei Sekunden gesagt habe? Dass du mich bitten könntest?"

Er atmete schwer aus und deutete dann mit seiner Hand auf das elektronische Schloss.

Schnell steckte sie die Karte hinein und öffnete die Tür. Darcy hatte gerade einmal zwei Schritte in ihr Zimmer gemacht, als er Glasscherben unter ihren Schuhen knirschen hörte. Burke legte einen Arm um ihre Taille und zog sie wieder an sich.

„O nein!", rief sie.

Das Zimmer war vollkommen verwüstet. Die Möbel waren umgeworfen worden, das Bettzeug war zerrissen und ihre Kleidung überall verstreut.

„Verdammte Scheiße!", spie sie aus.

Alastair zog seine Glock und schob Darcy wieder zur Tür zurück. „Bleib hier." Er hielt inne. „Bitte."

Ihr Blick glitt von ihren ruinierten Sachen zu ihm, und ihre Lippen verzogen sich zu einem leichten Lächeln. „Gut, aber nur, weil du so nett gefragt hast."

Schnell durchsuchte er das Zimmer, doch es war keiner mehr da.

Danach kam er zu ihr zurück und betrachtete auf dem Weg einen Hauch schwarzer Spitze, der auf einem umgestürzten Stuhl lag. Darcy keuchte auf und schnappte sich den winzigen Tanga.

„Fass nichts an", wies er sie an. „Ich werde das melden. Die Polizei wird alles auf Fingerabdrücke untersuchen wollen."

„Meine Sachen ...?"

„Sobald die Polizei fertig ist, bringe ich sie dir." Er zückte sein Handy und rief die Rezeption an. „Hier ist Special Agent Burke, FBI. Verbinden Sie mich mit dem Sicherheitsdienst."

Darcy seufzte. „Wir wissen beide, wer dahintersteckt."

Er nickte. „Noch eine Warnung."

Sie reckte ihr Kinn und ihre Augen blitzten. „Die Seidenstraße kann sich ihre Warnung dahin stecken, wo keine Sonne scheint."

Eine Stimme drang durch den Hörer. „Hotel-Sicherheitsdienst."

„Ich bin in Zimmer 531", antwortete Alastair. „Hier wurde eingebrochen. Können Sie jemanden hochschicken?" Er wartete auf die Antwort. „Danke." Der FBI-Agent legte auf. „Könnte sein, dass sie sich Zutritt verschafft haben, um nach Unterlagen darüber zu suchen, was wir im Dashwood geplant haben."

„Ich habe hier nichts liegen lassen", meinte sie.

Der FBI-Agent nickte. „Gut, dann komm." Mit diesen Worten schob er sie zur Tür.

„Ich bin mir sicher, dass das Hotel noch ein Zimmer für mich frei hat."

„Nein. In diesem Hotel ist es eindeutig zu gefährlich für dich."

„Declan schläft zwei Stockwerke über mir."

„Nein."

Ihre Augenbrauen huschten nach oben. „Dann nehme ich halt ein anderes Hotel."

Alastair packte ihre Hand und merkte, dass ihre Energie nachließ. Sie musste sich nach diesem Chlorgasangriff in ein Bett legen und ausruhen. „Nein. Ich bringe dich an einen sicheren Ort."

Ihre Augenbrauen wanderten noch höher. „Wo soll der denn sein?"

„Es ist ein Ort, den ich kenne, mit modernster Sicherheitstechnik. Dort kann ich dich besser im Auge behalten." Seine Augen trafen ihre. „Meine Wohnung."

„Was?", keuchte sie.

„Du kannst bei mir bleiben." Alastair würde kein weiteres Risiko mehr eingehen. Nicht, solange ihr Leben in Gefahr war.

Darcys dunkle Augenbrauen verschwanden jetzt fast unter ihrem Haaransatz. „Nein. Nein. *Nein.*"

„Das ist eine der Gelegenheiten, bei denen ich nicht fragen werde."

„Burke –"

„Das ist ein Befehl, Darcy."

Der Aufzug piepste und ein Mann im dunklen Anzug stieg aus. „Sie haben den Sicherheitsdienst gerufen?"

„Ja." Alastair trat vor. „Es gab einen Einbruch in Zimmer –"

Der Mann sprang nach vorn, doch Alastair konnte gerade noch ausweichen. Er hörte, wie Darcy aufschrie. Es gab ein knisterndes Geräusch, und in diesem Moment sah Alastair, dass der Mann einen Elektroschocker in der Hand hielt.

Alastair stürmte vor, wich erneut aus und versuchte, einen Schlag zu landen. Aber der Mann war schnell und schwang den Elektroschocker. Nur eine Berührung würde reichen, damit Alastair zu Boden ging.

Plötzlich rammte Darcy gegen den Rücken des Mannes und versetzte ihm einen Schlag gegen die Niere.

Er stöhnte, drehte sich um und drückte ihr den Elektroschocker gegen den Bauch.

„Nein!" Alastair eilte auf sie zu. Er musste sie um jeden Preis beschützen.

Sie sackte zu Boden.

Auf einmal spürte Alastair einen scharfen Schmerz in seiner Seite und seine Knie gaben nach. Sein Körper erschauderte, doch seine Augen waren auf Darcy konzentriert, bevor alles schwarz wurde.

„DARCE. Komm schon, mach die Augen auf."

Darcy rümpfte die Nase. Decs Stimme störte ihr Nickerchen. Die Finger ihres Bruders berührten ihr Handgelenk. Überprüfte er etwa ihren Puls?

Sie blinzelte und öffnete die Augen. Warum lag sie im Hotelflur auf dem Boden? Sie runzelte die Stirn. Überall standen Menschen in Anzügen.

Langsam sah sie zu Dec hoch, der neben ihr kniete, und die Erinnerungen kamen zurück.

Der Chlorgasangriff. Ihr verwüstetes Zimmer. Der Mann, der Alastair und sie angegriffen hatte.

„Alastair!" Sie setzte sich schnell aufrecht.

Thom erschien mit einem ernsten Gesichtsausdruck hinter Dec. „Was ist passiert, Darcy?"

„Als wir ankamen, stellten wir fest, dass jemand mein Zimmer durchwühlt hatte. Kurz darauf tauchte ein Mann auf, der sich als Mitarbeiter des Sicherheitsdienstes ausgab. Er hat uns mit einem Elektroschocker angegriffen." Sie sah sich um. „Wo ist Alastair? Geht es ihm gut?"

Thom atmete tief ein. „Er ist nicht hier."

„Was?", keuchte sie.

„Sieht so aus, als hätten sie ihn mitgenommen."

Ihr Magen schlug einen langsamen, übelkeitserregenden Purzelbaum. „Sein Handy?"

„Entweder ausgeschaltet oder zerstört."

„Die Videoüberwachung –"

„Einige der Männer sehen sie sich gerade an." Thom wirkte besorgt und angepisst.

Darcy zückte ihr Tablet und ließ zu, dass Dec ihr aufhalf. „Ich will sofort Zugang bekommen."

Thom rief nach dem Hotel-Sicherheitsdienst, und wenige Sekunden später konnte sie auf die Übertragung zugreifen. Sie tippte und nutzte eins ihrer Bilderkennungsprogramme.

„Komm schon, komm schon."

„Darcy, du musst langsam machen", meinte Dec.

„Sobald er in Sicherheit ist." Sie sah ihren Bruder an. „Er hat mich gerettet. Er ist einfach durch das Chlorgas gerannt, um mich rauszubringen."

Ihr Bruder atmete schwer aus und nickte. „Wir werden ihn finden."

Ihr Tablet pingte. „Da!"

Sie drehte den Bildschirm. Auf dem Video waren kurz zwei Männer zu sehen, die einen Dritten zwischen sich trugen. Sie erkannte sofort, dass der schlaffe, anzugtragende Mann Alastair war. Er war eindeutig bewusstlos, und sein Kopf hing nach vorn.

Bitte lass es ihm gut gehen.

„Das war in der Nähe eines Personalaufzugs. Vor sieben Minuten. Sie wissen, wo die Kameras sind, und meiden sie." Sie tippte erneut. „In der Nähe muss ein Fahrzeug warten."

Thom nickte. „Sie können einen bewusstlosen Mann nicht weit tragen, ohne dass die Leute es bemerken und Fragen stellen."

„Ich werde den Wagen finden." Sie nutzte ihr Wissen über die Örtlichkeit und die möglichen Ausgänge, um den Suchkreis einzugrenzen. „Diese Fahrzeuge haben das Hotel im richtigen Zeitfenster verlassen." Die Liste blinkte auf.

„Schick mir das", forderte Thom. „Wir werden sie durchleuchten."

Ping.

Eine E-Mail-Benachrichtigung erschien auf Darcys Tablet. Mit hochgezogenen Augenbrauen klickte sie darauf. Bei dem, was sie sah, stockte ihr der Atem.

„O mein Gott."

Die anderen versammelten sich um sie. Dec und Thom fluchten.

Es war ein Live-Video, das Alastair zusammengekauert in etwas zeigte, das wie eine Kiste aus durchsichtigem, dickem Plastik aussah. Er lehnte an einer Wand und sein Kinn ruhte auf seiner Brust.

Ein Timer lief am Rand des Bilds und zeigte weniger als eine Stunde an. Ihr Magen zog sich zusammen. Daneben stand eine Nachricht.

Die Kiste ist verschlossen und luftdicht. Ihr habt eine Stunde, bevor Agent Burke die Luft ausgeht. Legt die Diamanten auf die Laderampe an der Rückseite des Dashwoods Museums und sorgt dafür, dass alle Sicherheitskameras deaktiviert sind. Tick Tack.

Darcy schüttelte den Kopf. „Das kann doch nicht wahr sein. Die verdammte Seidenstraße soll zur Hölle fahren."

Thom zuckte zusammen. „Wir müssen den Wagen finden. Ich muss wissen, wo er hingefahren ist und wo Burke sich aufhält. Sofort!"

„Er kann nicht weit weg sein", erwiderte Darcy. „Sie hatten nur zehn oder fünfzehn Minuten Zeit, um ihn rauszuschaffen und die Nachricht zu senden."

„Gehen wir in mein Zimmer", schlug Dec vor.

Kurz darauf hatte Darcy alle Zeitschriften und den Hotelführer vom Schreibtisch in Decs Suite geworfen, damit sie dort arbeiten konnte. Sie versuchte, sich zu beruhigen, und analysierte das Bild von Alastair. Er war immer noch ohnmächtig.

Die Panik war ein hässliches, böses Monster in ihrer Brust. „Sieht aus wie ein Lagerhaus oder ein Keller. Schlichte Betonwände, sonst nichts." Zumindest war das alles, was die Kamera, die auf Alastair gerichtet war, preisgab.

„Du kannst doch eine Suche über Lagerhäuser und Keller im Umkreis laufen lassen, oder?", fragte Dec.

Ihre Finger flogen über den Bildschirm. „Bin schon dabei." Sie schnaubte. „Aber das sind viel zu viele Ergebnisse."

„Komm schon, Darcy. Benutz dein wunderbares Hirn. Es muss einen Weg geben, das einzugrenzen."

„Okay, okay." Sie tippte mit ihren Nägeln auf den Schreibtisch. Ihr Hirn war immer noch leicht vernebelt vom Chlorgas, aber Alastair brauchte sie. „Thom, hattest du Glück mit der Überprüfung der Wagen?"

Der Agent saß am Beistelltisch, hatte sein Handy am Ohr und den Laptop vor sich aufgebaut. „Wir glauben, dass es der silberne Cadillac war, der nach Norden gefahren ist. Einige Agenten durchwühlen die Aufzeichnungen der Straßenkameras und schauen, ob wir etwas finden können."

Darcy tippte mit ihrem Finger gegen ihre Lippen. *Norden.* Das grenzte die Suche zumindest etwas ein. Sie beschränkte ihre Anfrage auf alle Keller, Lagerhäuser und Industriegebäude nördlich vom Hotel.

Ein Kloß bildete sich in ihrer Kehle. „Das sind immer noch zu viele!" Frustriert schlug sie ihre Hand auf den Tisch.

Plötzlich hob Alastair auf dem Bildschirm den Kopf.

„Er ist wach!"

Der FBI-Agent rührte sich und studierte sein Plastikgefängnis. Mit seinen Händen drückte er gegen die Wände, um die Stärke zu testen. Als das nichts brachte, rammte er eine Schulter dagegen.

Die Kiste gab nicht nach. Darcy biss sich auf die Lippe.

„Halte durch, Alastair", murmelte sie.

Thom erschien neben ihr und sah zu seinem Partner. Der Timer tickte weiterhin bedrohlich.

„Schick mir deine Liste mit den möglichen Orten", meinte er. „Ein paar unserer Teams sollen mit der Suche anfangen."

Sie nickte, wusste aber, dass es zu lange dauern würde, sie alle zu durchsuchen. Alastair würde die Luft ausgehen, bevor sie fertig waren.

Die Panik fraß sie von innen auf. Sie hatte dieses Gefühl früher schon empfunden, wenn das THS-Team bei der Arbeit angegriffen worden war. Dieses Gefühl der Hilflosigkeit war furchtbar.

Ihre Augen fixierten Alastair. Er betrachtete jetzt den Raum und drehte den Kopf.

Darcy erstarrte. Er trug immer noch den Kopfhörer im Ohr.

Wenn er nicht zu weit weg war …

Schnell tippte sie auf den Bildschirm und hackte sich ins System des FBIs, um den richtigen Kommunikationskanal zu finden.

„Burke?"

Er riss seinen Kopf hoch. „–arcy?"

Die Verbindung war schlecht, aber sie konnte ihn hören. „Gott sei Dank! Wir versuchen, dich zu finden." Sie wusste nicht, wie viel er von ihren Worten verstehen konnte, doch sie spürte, wie alle anderen im Zimmer nähertraten.

„… Keller … groß. Einige Kisten … hintere Wand."

„Okay."

„Irgendetwas steht ... ihnen. Versandcodes ... LS, Bindestrich, D525."

„Verstanden. Ich lasse eine Suche laufen. Halte durch."

Sie beobachtete, wie ihr Programm die Daten verarbeitete, und betete, es würde schneller machen. Jede Sekunde fühlte sich wie eine Minute an. Als sie erneut zu Alastair sah, bemerkte sie, wie er tief einatmete. Ihr Puls beschleunigte sich. Die Uhr zeigte noch Zeit an, allerdings nicht mehr viel, und er schien die Auswirkungen der mangelnden Luft bereits zu spüren.

„Schwer ... atmen", sagte Alastair.

„Bleib ruhig. Atme langsam ein und aus." Sie ballte ihre Hand zur Faust. „Wir werden dich befreien."

„Darcy –"

„Sei still."

Er ließ sich gegen die Seite der Kiste sinken und drückte eine Hand auf das Plastik. „Halte sie auf. Egal ... kostet."

„Verdammt, sei endlich still." Sie berührte den Bildschirm. „Wir werden sie gemeinsam aufhalten."

Sein Gesicht wirkte entspannt, als er direkt zur Kamera hochsah. „Ich wünschte –"

Ping.

Sie setzte sich aufrecht hin. Die Suche nach den Versandcodes hatte ein Ergebnis geliefert.

„Ich habe etwas gefunden. Langsdale Shipping." Sie atmete tief ein. „Er ist im Dashwood. Sie haben ihn im Keller des Dashwoods eingesperrt."

Darcy bemerkte, dass sich hinter ihr etwas regte.

Schnell sprang sie auf und schaute auf ihren Bildschirm. „Halte durch, Alastair, wir kommen dich retten."

KAPITEL SECHS

Seine Augenlider fühlten sich so schwer an wie eine Tonne, und ein Schweißtropfen rann über seine Stirn. Alastair ließ seinen Kopf nach vorn fallen und atmete tief und zitternd ein.

In dem Moment hörte er, wie die Türen aufschlugen und sich eilige Schritte näherten. Die Kavallerie war hier.

Menschen umkreisten sein Plastikgefängnis, und Thoms Gesicht erschien neben ihm.

„Durchhalten, Alastair."

Plötzlich sah er Darcy.

Sie kämpfte sich in ihren Absatzschuhen durch die Menge, und ihr normalerweise glattes Haar war zerzaust. Der Tag war die Hölle gewesen, aber dennoch sah sie wunderschön aus.

Thom erteilte Befehle: „Bringt die Säge rein und schneidet das Ding auf. Hopp, hopp!"

In Darcys Augen konnte er Sorge erkennen. Sie legte eine Hand auf das Plastik, und Alastair hob seine eigene, um sie von seiner Seite aus an genau derselben Stelle dagegen zu drücken.

Die elektrische Säge ging los, und das laute Geräusch verdrängte alles andere.

Kurz darauf erfüllte frische Luft seine Nase und er atmete tief ein. Thom und Dec streckten ihre Arme durch das zerstörte Plastik und halfen ihm hinaus. Ihm war ein wenig schwindelig, aber das würde er auf keinen Fall zugeben.

„Scheiße, Mann." Thom schlug ihm mit der Hand auf den Rücken.

„Jetzt ist alles gut", versicherte er ihnen.

Sobald sich sein Kopf klärte, konnte er nur noch daran denken, dass die Wichser Darcy an seiner Stelle hätten mitnehmen können. Er schätzte, dass die heutigen Angriffe als Warnung gedacht waren und sie beide zu Tode erschrecken sollten.

Darcy packte seine Hand, und ihre Finger suchten seinen Puls. Ihre Augen schimmerten leicht.

„Wage es bloß nicht, zu weinen", befahl er.

„Tue ich ja gar nicht."

„Ich bin ein Einzelkind. Die Tränen einer Frau ..." ... sorgten dafür, dass er sich hilflos und unmännlich vorkam.

„Sobald eine Zeugin weint, muss *ich* mich um sie kümmern", erklärte Thom und versuchte offensichtlich, die Stimmung aufzuheitern. „Bei sowas ist er einfach nutzlos."

Darcy schniefte.

„Jetzt bist du am Arsch", meinte Dec. „Sie weiß, dass Cal und ich ihre Tränen auch nicht ertragen können.

Frauen. Sie verwenden sie wie eine Waffe."

Seine Schwester kniff die Augen zusammen. „Das mache ich doch nicht mit Absicht." Ihre Augen fielen wieder auf Alastair. „Er muss durchgecheckt werden –"

„Nein. Mir gehts gut."

„Du hast auch darauf bestanden, dass ich mich untersuchen lasse."

„Chlorgas ausgesetzt zu sein ist auch ein bisschen schlimmer, als eine kurze Zeit keine frische Luft einzuatmen. Ich habe ja nicht einmal das Bewusstsein verloren."

„Doch, nach dem Elektroschocker."

„Genau wie du."

„Wie wäre es, wenn ihr beiden euch einfach den Nachmittag freinehmt und euch ein wenig ausruht", schlug Thom vor.

Alastair sah seinen Partner böse an. „Nein, ich –"

Thom hob eine Hand hoch. „Du –", er deutete auf Alastair und dann auf Darcy, „– und du auch. Ab mit euch. Keine Diskussion."

***

DARCY TRAT aus der Dusche und wickelte ein dunkelblaues Handtuch um sich.

Gott, sie hatte gerade in Alastair Burkes glänzendem Badezimmer geduscht.

Er lebte in einer Dreizimmerwohnung, die sich im Norden der Stadt in einem umgebauten Lagerhaus befand. Vorhin hatte er ihr erzählt, dass hier früher Hubschrauber gebaut wurden. Das gefiel ihr. Es erinnerte sie an die alte Mühle in Denver, aus der ihre

Brüder und sie das Hauptquartier von Treasure Hunter Security gemacht hatten.

In Alastairs Wohnung gab es viel Backstein, einen Hauch schwarzes Eisen und ein Badezimmer, das in maskulinen Grautönen gefliest war.

Im beschlagenen Spiegel betrachtete sie ihr Spiegelbild. Ihr Haar war nass, ihr Gesicht frei von Make-up und blass. Unter ihren Augen zeichneten sich grässliche dunkle Ringe ab.

Verdammt, Burke hatte recht. Es mochte zwar nur ein Nachmittag gewesen sein, aber sie musste sich erholen. Sie war erschöpft und nach dem Chlorgasangriff immer noch ein wenig angeschlagen. Ganz zu schweigen von der Panik, die sie empfunden hatte, als sie Alastair in der Kiste gefangen gesehen hatte. Sie schluckte und spürte ein raues Gefühl in ihrer Kehle.

Der furchtbare Husten, das Gefühl, zu ersticken, und das Wissen, dass die Seidenstraße Alastair in den Fingern hatte ... Und dann noch der verdammte tickende Timer.

Erneut sah sie in den Spiegel. Es gab doch nichts, was die Sicht auf das eigene Leben schneller änderte als ein paar Schwarzmarkt-Diebe, die wiederholt versuchten, einen umzubringen.

Sie war nicht mehr die verlegene, nerdige Teenagerin mit den großen, knallharten, strebsamen Brüdern oder den überlebensgroßen, absolut verknallten Eltern.

Darcy kannte ihren Wert. Sie war verdammt gut in ihrem Job, hatte Fähigkeiten, die nur wenige Menschen besaßen, und sie sah sogar ohne Make-up oder gestyltes

Haar ziemlich gut aus. Und sie wollte Liebe und eine eigene Familie.

Langsam trat sie in Alastairs Schlafzimmer. Es war ordentlich – was natürlich keine Überraschung war – und in männlichen Farben mit warmen Holzakzenten dekoriert.

Ohne Reue darüber, dass sie herumschnüffelte, öffnete sie ein paar Schubladen und schaute in den Kleiderschrank.

Ein gerahmtes Bild stand auf der Kommode. Es zeigte eine lächelnde Frau in einem einfachen Kleid und billigen Schuhen, die einen ernst dreinblickenden, dunkelhaarigen Jungen umarmte. Der Junge sah aus, als wäre er etwa zehn Jahre alt.

In diesem Moment bemerkte sie die intensiven grünen Augen.

Gott. Der Junge war Alastair. Sie schaute genauer hin. Sein Gesicht hatte den gleichen teilnahmslosen Blick, den sie jeden Tag sah. Ein Teil von ihr hatte sich immer gefragt, ob er als ausgewachsener Mann mit einer Waffe an der Hüfte auf die Welt gekommen war.

Diese Frau musste seine Mutter sein. Darcy fuhr mit dem Finger über den Rahmen und fragte sich, wo sie wohnte und ob sie ihrem Sohn nahestand.

Sie wandte sich ab und beschloss, etwas zum Anziehen zu suchen. Da sie keine sauberen Kleider dabei hatte, musste sie sich etwas leihen. Sie holte ein weißes Business-Hemd vom Kleiderbügel und zog es an. Es reichte ihr fast bis zu den Knien.

Ihr Haar konnte nass bleiben. Damit konnte sie

ohnehin nicht viel anfangen. Und obwohl sie ihre Seele für ihre MAC-Kollektion verkaufen würde, musste sie ohne Make-up auskommen, bis sie ihre Sachen wiederbekam.

Als sie den Wohnbereich betrat, schlug ihr ein wunderbarer Geruch entgegen. Sie hielt inne. Burke kochte gerade. Er hatte sein Jackett ausgezogen und die Hemdsärmel hochgekrempelt.

Darcy atmete zittrig aus. Wenn Männer nur wüssten, wie wahnsinnig attraktiv es für eine Frau war, einem Mann beim Kochen in der Küche zuzusehen ... Und Alastair sah mehr als gut aus, während er in einem Topf etwas Leckeres umrührte. *Egal. Er ist immer noch arrogant, herrisch und nervig, schon vergessen?*

Er hob den Kopf und starrte sie an.

„Ähm ... Ich habe mir ein Hemd geliehen." Sie widerstand der Versuchung, am Saum zu ziehen.

Seine Augen wurden dunkler. „Das sehe ich." Er nickte zu den Hockern, die vor der Granitkücheninsel standen. „Setz dich."

Sie kletterte hoch und betrachtete sein Gesicht. Trotz des Erlebten sah er genauso aus wie immer.

„Ich hoffe, du magst Fettuccine Carbonara", meinte er. „Es gibt ein spätes Mittagessen – oder frühes Abendessen."

Sie sah ihn erstaunt an. „Du kochst? Also ... so richtig mit frischen Zutaten?"

Er drehte sich zu ihr um, um sie anzusehen, und sie fand, dass er mit dem Holzlöffel in der Hand noch attraktiver aussah.

„Hat mir meine Mom beigebracht."

Darcy konnte spüren, wie sich die Atmosphäre um

sie herum veränderte. „Ich habe das Foto in deinem Zimmer gesehen. Das ist sie doch, oder?"

Er spannte sich an.

„Tut mir leid", meinte sie. „Ich habe nicht herumge-schnüffelt." *Du bist eine ziemlich große Lügnerin, Darcy Ward.*

„Ja, das ist sie."

„Steht ihr euch nahe?"

„Früher ja."

Sein Tonfall löste eine Gänsehaut auf Darcys Haut aus. Burke streckte die Hand aus, öffnete den Edelstahl-kühlschrank und holte eine Flasche Mineralwasser heraus. Als Nächstes schnappte er sich ein paar hohe Gläser.

„Ich hoffe, Wasser ist okay. Tatsächlich habe ich ein wenig recherchiert. Du solltest Alkohol eine Weile meiden."

Darcy nahm das Glas. Sie hätte das Foto einfach nicht erwähnen sollen.

Er lehnte sich gegen die Theke. „Meine Mom wurde ermordet, als ich zehn Jahre alt war."

O Gott. „Das tut mir furchtbar leid, Alastair." Ohne nachzudenken, streckte Darcy ihre Hand aus und legte sie auf seine.

Er nickte, zog seine weg und drehte sich wieder zum Herd. „Das ist lange her."

Er schaltete den Herd aus, platzierte die Teller und begann, das Essen zu servieren. Zuerst schob er ihr einen Teller mit der cremigen Pasta vor die Nase und lehnte sich dann gegen den Tresen, um ebenfalls zu essen.

Darcy probierte die Nudeln und schluckte ein Stöhnen hinunter. „O Gott, das schmeckt so gut."

Er schenkte ihr ein kleines Lächeln.

Plötzlich krampfte sich ihr Bauch zusammen, und sie setzte ihre Gabel ab. Sie war hungrig, aber der Stress des Tages saß ihr noch in den Knochen. „Unser Plan, die Seidenstraße auszuschalten, wird funktionieren."

„Ist das eine Frage oder eine Feststellung?"

„Eine Feststellung." Sie richtete sich auf. „Das heute war der letzte Tropfen, der das Fass zum Überlaufen gebracht hat. Wir werden den *Sammler* schnappen, und nächste Woche wird die Seidenstraße nur noch eine ferne Erinnerung sein."

Er nickte. „Ja."

Was für eine Zuversicht. Ein einziges Wort, das mit so viel Überzeugung ausgesprochen wurde. Wenn sie etwas über Alastair Burke gelernt hatte, dann, dass er ein Mann war, der seine Versprechen hielt.

„Es ist Zeit", fuhr er fort. „Die Seidenstraße hat jahrzehntelang Leben zerstört. Wenn der *Sammler* die alleinige Kontrolle übernimmt, wird es nur noch schlimmer."

Darcy schluckte einen weiteren Bissen Pasta hinunter. „Ich stimme dir hundertprozentig zu. Sie haben es schon seit einiger Zeit auf meine Familie und Freunde abgesehen. Und jetzt auf dich und mich."

Sie schaute auf und sah, wie sich sein Kiefer anspannte.

Sie streckte die Hand aus und ergriff erneut die seine. „Wir werden sie aufhalten."

Sein Daumen streichelte ihre Haut. „Das werden wir."

Sie aßen zu Ende, und Darcy bestand darauf, ihm beim Aufräumen zu helfen. Als sie sich auf die graue Wildledercouch fallen ließ, unterdrückte sie einen dankbaren Seufzer. In dem Moment, in dem sie ihr Tablet zu sich zog, wurde es ihr aus den Händen gerissen.

„Hey –"

„Du wirst nicht arbeiten. Ruh dich aus."

Sie verdrehte die Augen und sah zu, wie er das Gerät wegpackte. Sie wusste nicht wirklich, was sie mit sich anfangen sollte. Auf keinen Fall wollte sie zugeben, wie übermüdet sie war.

Alastair schaltete den Fernseher ein, und sie lehnte sich gegen die Couch.

„Ich habe noch etwas zu erledigen", erklärte er. „Ich bin in meinem Büro, falls du mich brauchst."

Sie sah zu, wie er durch eine Flügeltür verschwand und unterdrückte einen Seufzer. Natürlich durfte *er* arbeiten. Sie konzentrierte sich auf den Fernseher, und ein paar Minuten später schlief sie ein.

Darcy blinzelte, als ein Schrei in ihrer Kehle stecken blieb. Sie hatte von dem Angriff geträumt, doch dieses Mal war *sie* in einer Plastikkiste gefangen gewesen, die sich mit Gas gefüllt hatte, während Alastair auf der anderen Seite des Plastiks gestanden hatte.

Sie schaute sich um und konnte die Backsteinwände um sie herum nicht zuordnen. Langsam stieß sie einen Atemzug aus und ihr Gehirn schaltete sich endlich ein. *Alastairs Wohnung.*

Sie wusste nicht, wie spät es war. Draußen hinter den Fenstern war es dunkel, das Licht war gedämpft und der Fernseher ausgeschaltet. Immer noch müde strich sie sich ihr Haar aus dem Gesicht und entdeckte ihren Koffer neben der Eingangstür. Darcy konnte ihren Freudenschrei kaum unterdrücken.

Schließlich stand sie auf und machte sich auf die Suche nach Alastair.

Sein Büro war dunkel und er saß nicht an seinem Schreibtisch.

Sie wollte fast wieder gehen, als sie einen Schatten in einem Sessel in der Ecke des Raumes sitzen sah.

Zögernd betrat sie das Büro. Dank des Lichts, das aus dem Wohnzimmer hereinfiel, erkannte sie, dass er im Schatten saß und ein Glas Whisky in der Hand hielt. Sein Kopf war gesenkt.

„Alastair?"

Er bewegte sich nicht, aber seine grüblerische Ausstrahlung hatte eine Art Schwermut.

„Du wärst heute fast gestorben."

Darcy blieb wie angewurzelt stehen, und ein Knoten bildete sich in ihrer Brust. Sein tiefer, rauer Tonfall schnürte ihr die Kehle zu. „Du auch. Aber mir geht es gut. Du hast mich gerettet."

Er schaute auf. „Nur ein paar Minuten später ..."

Jetzt ging sie auf ihn zu. In diesem Moment konnte sie der Anziehungskraft zwischen ihnen nicht widerstehen. Sie legte ihre Hände auf seine Schultern. „Mir geht es gut, Alastair. Uns beiden geht es gut."

Der FBI-Agent atmete tief ein und neigte den Kopf zurück. Darcy entschied, das hier nicht zu überdenken. Sie war fast gestorben, und er auch. Sie streckte ihre Hand aus und strich ihm über die stoppelige Wange. Dann beugte sie sich zu ihm hinunter und küsste ihn.

Er schmeckte so gut, ganz leicht nach Whisky. Und er roch so gut wie immer – nach diesem frischen Rasierwasser, das sie fortan immer an Alastair Burke erinnern würde. Der Mann berührte sie nicht, aber er übernahm die Kontrolle über den Kuss und ließ seine Zunge gegen ihre gleiten.

Sie hörte, wie sein Glas mit einem dumpfen Aufprall auf den Teppich fiel. Seine Hand griff nach ihrer Taille und zerrte sie mit kraftvoller Ungeduld auf seinen Schoß. Darcy gab einen hungrigen Laut von sich und schob ihre Hände in sein Haar.

„Darcy ... verdammt ..." Eine Hand umfasste ihren Hintern und knetete ihn. Er küsste sie erneut.

Ein Handy begann zu klingeln.

Nein. Ihre Finger packten sein Haar noch fester.

Alastair unterbrach den Kuss und fluchte: „Das ist Thom."

Darcy atmete ein paar Mal tief ein, um sich zusammenzureißen, und rutschte von seinem Schoß. Ihre Knie waren weich.

„Thom?" Eine Pause. „Ihr habt die Abdrücke auf dem Chlorgasbehälter und der Kiste überprüft." Alastairs Kiefer spannte sich an. „Aber ihr habt nichts gefunden. Das ist keine Überraschung." Wieder eine Pause. „Okay, ja, halt mich auf dem Laufenden."

Alastair legte das Handy beiseite und sein Blick traf den ihren.

„Keine Hinweise auf dem Chlorgasbehälter oder der Kiste", stellte sie fest.

Alastair schüttelte den Kopf. „Du brauchst dringend eine Mütze Schlaf."

„Ich weiß nicht, ob ich schlafen kann ... Ich muss immer wieder an den Angriff denken." Ihre Brust spannte sich an. Gott, sie hatte keine Lust auf eine Panik-attacke.

Eine Hand ergriff ihre und drückte zu. Augenblick-lich entspannte sich ihre Brust ein wenig.

„Du nimmst das Bett", sagte er, „und ich schlafe auf der Couch."

„Alastair ..."

„Ich bin in der Nähe, Darcy." In seinen grünen Augen leuchtete ein Versprechen auf. „Ich werde dafür sorgen, dass niemand hier reinkommt und dich beim Schlafen stört."

Die letzte Anspannung in ihr löste sich. Wenn es etwas gab, was sie langsam lernte, dann, dass sie diesem Mann vertrauen konnte.

KAPITEL SIEBEN

A lastair ließ sich Zeit dabei, die Bildschirme in der Sicherheitszentrale zu betrachten.

„Die Kameras funktionieren perfekt, Agent Burke", sagte einer der Wachleute. „Alle Bereiche der Haupt-lobby sind bis auf den letzten Zentimeter abgedeckt." Der Mann lächelte. „Ms. Ward hat exzellente Arbeit geleistet. Das System ist viel besser als das vorherige."

Alastair nickte. Genau deswegen hatte er sie ange-heuert. „Danke, Chris."

Er schritt aus dem Büro in Richtung Lobby. Als er in die Mitte des Raumes trat, überprüfte er die Kamerawin-kel, die Hauptvitrine, und ging die Positionen der Agenten durch, die er an dem Abend einsetzen würde. Die Eröffnungsgala fand am nächsten Tag statt.

„Hey." Thom kam zu ihm. „Gehts dir gut?"

„Wenn mich noch irgendjemand genau das fragt ..."

„Okay, okay. Darcy hat die Peilsender von ihrem Kontakt bekommen. Sie ist bereit, sie an den Diamanten anzubringen und zu testen."

Alastair nickte.

Darcy. Er hatte einige Male in der Nacht nach ihr gesehen und sie beim Schlafen in seinem Bett betrachtet. Trotzdem konnte er nicht in Worte fassen, wie sehr es ihm gefallen hatte, ihr dunkles Haar auf seinem Kissen ausgebreitet zu sehen.

Verdammt. Sein Körper reagierte sogar in diesem Moment. Sie in seinem Hemd zu sehen, war die reinste Folter gewesen. Ihr Geschmack lag immer noch auf seiner Zunge. Die Frau konnte wirklich küssen.

„Alastair? Alastair?"

Er blinzelte und bemerkte, dass Thom ihn anstarrte. „Ja?"

„Ich habe gesagt, dass ich deinen Smoking besorgt habe."

„Gut." Er starrte finster drein. Der Smoking war ihm egal – er wollte einfach nur die Seidenstraße auslöschen, Darcy beschützen und herausfinden, wie er die Hände von ihr lassen konnte.

Weibliches Lachen hallte durch den Raum, und jeder Nerv in seinem Körper erwachte zum Leben. Sein Blick fiel auf Darcy, die gerade mit einem jungen Nerd aus dem Kreise der Wachleute des Dashwoods redete. Sie schien sich von dem Chlorgasangriff gestern vollkommen erholt zu haben.

„Danke, Thom", murmelte Thom sarkastisch. „Du hast mir wirklich geholfen."

Alastair sah seinen Partner an. „Fürs Shopping wird man nicht befördert, Singh."

Der jüngere Mann hob eine Hand. „Mein Freund liebt meine Shopping-Fähigkeiten, vor allem, weil ich für ihn einkaufe. Ich habe mich mit deinem Smoking selbst übertroffen, wenn ich mich mal selbst loben darf. Ich schicke dir die Rechnung." Schadenfroh rieb er die Hände aneinander.

„Deine Liebe für Mode ist ... beunruhigend", erwiderte Alastair.

„Genau wie deine Workaholic-Attitüden." Thom drehte den Kopf und sah zu Darcy. „Und ich bin dafür, dass du dir andere ... persönliche Hobbys suchst." Er lächelte. „Wie lief es denn letzte Nacht mit deiner Mitbewohnerin?"

Alastair warf seinem Partner einen weiteren finsteren Blick zu, bevor er durch die Lobby auf Darcy zuschritt.

„Hi", sagte er.

Sie stellte sich gerade. „Ebenso."

„Thom meinte, die Peilsender wären angekommen."

Sie lächelte, und die Aufregung strahlte aus ihr heraus. Sie hielt einen kleinen Plastikbehälter hoch. „Animal hat es geschafft."

Sie drehte sich um und stieß mit ihrer Hüfte gegen Alastairs. Ihre Berührung ließ ihn förmlich erzittern. Er steckte seine Hände in die Taschen, damit er sie nicht berührte.

Am liebsten hätte er genau das getan, aber er konnte es sich nicht leisten, sich ablenken zu lassen. Nicht am Vorabend der Umsetzung ihres Plans. Und wie er bereits festgestellt hatte, war Darcy Ward eine einzige große Ablenkung.

Sie nahm ihr Tablet in die Hand. „Befestigen wir die Süßen jetzt an den Diamanten?"

Er nickte.

Dec erschien neben ihnen. „Darcy. Burke."

„Hi, großer Bruder." Darcy umarmte ihn kurz. „Hast du den Plan für das THS-Team für morgen Abend fertig?"

Er nickte. „Cal und ich haben alles geregelt." Seine Augen durchbohrten sie. „Ich habe ihm, Mom und Dad, erzählt, was gestern vorgefallen ist. Sie machen sich Sorgen."

„Du hast mich verpetzt?", fragte Darcy.

„Wir wollen alle, dass du in Sicherheit bist", erwiderte Dec. „Und ich will, dass du in meiner Nähe bleibst."

„Es geht mir gut", stellte sie fest. „Das ist doch alles fast vorbei, Dec."

„Ich will dich im Auge behalten."

Burke kam näher und stellte sich direkt hinter Darcy. „Das erledige ich."

Decs Blick wurde noch finsterer.

„Wann kommt der Rest des Teams an?", fragte Darcy.

„War ja klar, dass du das Thema wechseln willst", entgegnete Dec. „Heute Nachmittag."

„Wer kommt denn alles?"

„Alle."

Alastair hob eine Braue. „Jedes Mitglied von Treasure Hunter Security?"

„Sie möchten alle mitmachen, weil sie von den Angriffen auf Darcy gehört haben. Außerdem hat die Seidenstraße schon jeden von ihnen ins Visier genommen." Dec zog eine Grimasse. „Die Ehefrauen und

Lebenspartner kommen auch." Er stieß ein Seufzen aus. „Und Mom und Dad."

Darcy stöhnte. „Wir wollten bei der Gala unter dem Radar bleiben."

„Sie werden sich unter die Leute mischen."

Darcy schnaubte. „Coop ja, weil er mal Spion war. Und Morgan auch, weil sie einfach knallhart ist. Hale und Cal vielleicht. Aber Logan?"

Dec zuckte mit den Schultern. „Sydney ist bei ihm. Sie kann ihn bestimmt eine Nacht lang unter Kontrolle halten."

„Bist du dir sicher?", fragte Burke.

„Ja." Sein Gesichtsausdruck wurde ernst. „Wir wollen alle dabei sein."

Und jeder bei THS war herausragend in seinem Job. Burke würde ihre Hilfe auf keinen Fall ablehnen, daher nickte er. „Wir gehen zum Tresor, um die Peilsender auf den Diamanten anzubringen."

Dec sah seine Schwester an. „Bitte komm mit und bleib in meiner Suite."

„Ach, soll ich bei dir und Layne das fünfte Rad am Wagen spielen? Ich will nicht hören, was du Unanständiges mit deiner Frau treibst. Herzlichen Dank." Darcy streckte ihre Hand aus und berührte den Arm ihres Bruders. „Ich bin in Sicherheit."

„Ich hasse die Vorstellung, dass du allein in einem Hotelzimmer schläfst."

„Ähm ..." Sie sah Alastair an.

„Sie wird bei mir schlafen", erklärte er.

Dec erstarrte. Sein Blick traf Alastairs. „Ich glaube, du und ich müssen uns mal unterhalten."

„Kein Problem."

„Wie bitte? Nein." Darcy stampfte mit dem Fuß auf. „Ich bin eine erwachsene Frau, daher werdet ihr zwei idiotische Machos kein Gespräch miteinander führen, bei dem es um mich geht." Sie machte auf dem Absatz kehrt. „Ich gehe dann mal zum Tresor, um mich um die Diamanten zu kümmern."

Sie stürmte fort, aber Alastair schloss an der Treppe zu ihr auf. Er entschied, dass es am besten war, auf dem Weg zum Tresorraum kein Wort zu verlieren und sie einfach ihre Wut abreagieren zu lassen.

Er nickte den Wachleuten zu, als sie den Tresorraum betraten. Am Tisch öffnete er den Koffer mit den Diamanten.

Darcy lächelte. „Ich werde es nie satt, sie zu betrachten."

Die Diamanten ruhten sicher auf dem Samt und glänzten im Licht.

„Magst du Diamanten, Darcy?" Er stellte sich vor, dass sie eine Halskette aus ihnen trug. Und sonst nichts.

Sie lächelte. „Jede Frau mag Diamanten, Agent Burke. Und falls sie etwas anderes behauptet, lügt sie." Sie musterte die Juwelen. „Ich habe noch ein wenig über sie recherchiert, hauptsächlich über den Black Orlov."

„Willst du beweisen, dass der Fluch existiert?"

Sie wandte sich ihm zu. „Ich konnte den Tod des Diamantenhändlers bestätigen. Mr. J.W. Paris. Nachdem er den Black Orlov verkauft hatte, sprang er von einem Wolkenkratzer in Manhattan."

„Meine Akten sagen, dass er geschäftliche Probleme hatte."

Darcy lehnte sich gegen den Tisch. „Fünfzehn Jahre, nachdem Mr. Paris gestorben war, gehörte der Diamant einer russischen Prinzessin, Leonila Viktorovna-Bariatinsky. Sie sprang ebenfalls in den Tod. Kurz darauf wurde eine andere russische Prinzessin, Nadia Vygin-Orlov, die Frau eines russischen Diamantenhändlers, stolze Besitzerin des Steins."

„Und das nächste *Opfer*."

Darcy nickte. „Sie sprang in Rom von einem Gebäude."

„Seitdem wurde der Diamant abgeschliffen, um den Fluch zu brechen." Er betrachtete den dunklen Stein.

„Was, wenn es sich dabei um eine uralte Technologie handelt?", fragte Darcy. „Vielleicht eine Waffe?"

Er hob eine Braue.

„Ich habe versucht, die ersten Legenden aufzuspüren. Er scheint aus einem Schrein in Pondicherry, Indien, zu stammen. Der ungeschliffene Diamant war in eine Statue eingelassen – das Auge von Brahma, dem hinduistischen Schöpfergott."

„Das heißt noch nicht, dass er eine Waffe ist."

Ihr Gesicht leuchtete auf. „Ich habe ein paar interessante Dinge über Brahma herausgefunden. Eigentlich war er der Schöpfer aller Götter, Tiere, Männer und Frauen. Aber einige Legenden besagen, dass er sich über die Überbevölkerung durch Unsterbliche Sorgen machte. Er wollte ein Gleichgewicht schaffen, also half er, den Tod zu erschaffen, der in einigen Legenden natürlich eine Frau war."

„Der Schöpfergott brachte also auch den Tod." Genau wie der Diamant, der seinen Namen trug.

„Er erschuf auch die Brahmastra", fuhr Darcy
fort.

„Was war das?", fragte Alastair.

„Im Hinduismus waren Astra mächtige Waffen, die
mit übernatürlichen Kräften ausgestattet waren. THS
stieß vor Kurzem in der Antarktis auf eine Astra, die die
Seidenstraße unbedingt in ihre Hände bekommen wollte.
Den Vajra."

Alastair richtete sich auf und fluchte leise. Sein Blick
fiel auf den schwarzen Diamanten. Er hatte den Bericht
über Dec und Ronin Coopers Abenteuer in der Antarktis
gelesen.

Darcy seufzte. „Team 52 hat die Waffe
sichergestellt."

„Und die Brahmastra?", fragte Alastair.

„Es gibt viele Geschichten und Legenden. Einige
beschreiben Stäbe, Speerspitzen und glitzernde Pfeile.
Andere sagen, dass es sich um eine feurige Vernichtungs-
waffe handelte. In anderen Legenden steht, dass sie
jedem, der ihr Ziel war, den Tod brachte und eine ganze
Armee auslöschen konnte. Andere Überlieferungen
beschreiben mächtige Varianten wie die Brahmashirsha
Astra und Brahmanda Astra. Waffen, die die Welt
zerstören können."

„Verdammt."

Sie nickte. „Vielleicht ist dieser Diamant nur ein
einzigartiger Stein." Sie zwinkerte. „Oder er ist wirklich
verflucht."

„Stellen wir einfach sicher, dass die Seidenstraße ihn
nie in die Hände bekommt", meinte er.

Darcy stellte die kleine Plastikschachtel ab und

öffnete sie. Alastairs Brauen huschten nach oben, weil er nichts darin sehen konnte.

„Wo sind –?"

Sie hielt eine Pinzette in der Hand, die sie in die Schachtel steckte. Als sie ihre Hand hob, sah er einen winzigen, durchsichtigen Kreis am Ende der Pinzette. Er sah aus wie eine Kontaktlinse, nur viel kleiner.

Darcy drehte sich um, legte ihre andere Hand ehrfürchtig auf den Regent und hob ihn vorsichtig aus dem Koffer.

„Halt das mal für mich." Sie reichte ihm den Diamanten.

Alastair umklammerte den blauen Diamanten in seiner Hand und hielt ihn ruhig, während sie den Peilsender anbrachte. Das Juwel war kühl auf seiner Haut. Kaum zu glauben, dass es einst von Königinnen und Königen berührt worden war.

Sie trat zurück. „Fertig."

Er starrte den Stein genauer an. Der Peilsender war unsichtbar. „Unglaublich."

„Ich wusste, dass Animal es schafft."

„Vielleicht muss ich ihm einen Job anbieten."

Sie schnaubte. „Na, da wünsche ich dir viel Glück."

Vorsichtig legte Alastair den Diamanten wieder an seinen Platz.

„Nummer eins fertig, bleiben noch zwei", erklärte sie.

Gemeinsam brachten sie die beiden anderen Peilsender an.

Darcy streichelte mit einem Finger über den Black Orlov. „Glaubst du wirklich nicht, dass er verflucht ist?"

„Ich glaube nicht an Flüche."

Bei seinen Worten grinste sie. „Natürlich. Der vernünftige Agent Burke würde niemals an so etwas glauben. Denkst du, er hat ... Fähigkeiten?"

„Wahrscheinlich nicht. Aber es wäre mir lieber, wenn du ihn nicht berührst, damit wir diese Theorie nicht unnötig auf den Prüfstand stellen."

Nickend nahm Darcy ihr Tablet in die Hand. „Okay, der Moment der Wahrheit. Sehen wir mal, ob diese Peilsender auch funktionieren."

DARCY TIPPTE auf ihrem Tablet und versuchte, Alastairs leckeres Rasierwasser zu ignorieren.

Er hielt die Halskette mit dem Orlov immer noch in der Hand. Der Edelstein hatte etwas seltsam Unheimliches an sich, aber er war auch wunderschön.

Sie fragte sich, ob er wirklich mehrere Menschen dazu gebracht hatte, sich das Leben zu nehmen, indem sie in den Tod gesprungen waren.

„Okay, los gehts!", rief sie.

Ihr Programm erwachte zum Leben, der Bildschirm flackerte und eine Karte, die das Innere des Dashwoods darstellte, erschien. Drei blinkende Punkte lagen beieinander – der Regent, der Sancy und der Black Orlov.

„Trag die Halskette mal da rüber." Sie deutete zum anderen Ende des Tresorraums.

Alastair ging dorthin. Der Punkt auf ihrem Bildschirm bewegte sich.

Darcy grinste. „Es funktioniert. Versuch mal, damit aus dem Tresor hinauszugehen."

Der Agent ging nach draußen und redete mit den Wachleuten. Sie folgte dem Punkt, der über den Bildschirm wanderte. Alastair kam wieder zu ihr.

„Sieht gut aus", stellte sie fest.

Plötzlich erstarrte Alastair und blickte zur Tresorwand. Er schien völlig gedankenverloren zu sein.

„Burke?"

Keine Antwort.

Ihr Puls raste und ein Schauer fuhr durch ihren Körper. „Alastair?"

Er blinzelte.

„Alastair?" Sie packte seinen Arm.

Erneut blinzelte er, dieses Mal langsam, und sah sie schließlich an. „Bist du mit den Peilsendern zufrieden?"

„Du hast gerade einfach dagestanden und die Wand angestarrt. Alles okay?"

Seine Augenbrauen hoben sich. „Echt?"

Sie nickte.

„Ich war wohl in Gedanken." Er legte den Orlov wieder auf seinen Platz und hob den Sancy hoch. Damit schritt er durch den Raum, und der Peilsender zeichnete alles auf. Das Gleiche galt für den Regent.

Ihre Augen folgten Alastair argwöhnisch, aber es schien alles in Ordnung zu sein. Sie schüttelte den Kopf. Wahrscheinlich ängstigte sie sich vor ihren eigenen Schauergeschichten.

Der FBI-Agent lächelte sie an. „Du bist brillant."

Ihr Magen schlug einen Salto. Herrgott, dieses Lächeln. Sie tat so, als würde sie ihre Nägel an ihrem Oberteil polieren. „Natürlich bin ich das, Agent Burke." Mit diesen Worten schaltete sie ihr Tablet aus. „Jetzt muss ich eine dringende Besorgung erledigen, wenn ich für morgen vorbereitet sein will."

Seine Brauen zogen sich zusammen. „Was denn? Brauchst du etwa noch mehr Ausrüstung?"

„Ja. Ich benötige ein Kleid für die Gala."

Er hielt inne. „Du willst shoppen gehen?"

„Ich will *immer* shoppen gehen."

„Du wirst eine Eskorte mitnehmen."

Darcy knickte ihre Hüfte ein. „Versuch es noch mal."

„Das ist wieder eine Situation, in der es ein Befehl ist, Darcy." Sie öffnete ihren Mund, aber er hob eine Hand. „Keine Diskussion."

„Ich wollte *na klar* sagen."

Seine Augen musterten sie misstrauisch. „Nimm Thom mit. Er ist der einzige Agent, den ich kenne, der sich nicht darüber beschweren wird, dir beim Shoppen zusehen zu müssen."

Ein Lächeln erhellte ihr Gesicht. „Danke, Agent Burke."

Seine Augen blitzten auf und er lehnte sich zu ihr. „Wird es nicht langsam Zeit, dass du mich Alastair nennst?"

Ihr Puls überschlug sich und eine Sekunde lang glaubte sie, er würde sie küssen. Oder sie würde sein Hemd packen und es komplett zerknittern, während sie ihn küsste. „Alastair."

Er trat zurück. „Thom wird sich mit dir am Haupteingang treffen."

Darcy sah zu, wie er sich davonschlich, und starrte dabei reuelos auf seinen schönen Hintern. Ein Atemzug entwich ihr. Der Mann ging ihr unter die Haut, und das

Komische war, dass sie sich gar nicht mehr wirklich darüber aufregte.

ETWA ZWANZIG MINUTEN später saß Darcy im Wagen des immer gut gelaunten Agent Thom und entfernte sich vom Dashwood.

„Wohin?", fragte er.

„Zur besten Shoppingmeile in Washington, mein Freund. Ich brauche ein Kleid."

Sein Lächeln wurde noch breiter. „Budget?"

Sie grinste. „Ich will ein *flammendheißes* Kleid. Das Budget ist nach oben offen."

Jetzt lächelte der Mann von Ohr zu Ohr. „Dann kenne ich genau den richtigen Ort."

Er brachte sie zur Collection in der Chevy Chase. Die Straße war gesäumt von edlen Boutiquen.

Sie gingen in den Läden ein und aus und verbrachten mehrere Minuten in jedem Geschäft. Darcy wusste genau, was sie wollte, aber sie hatte es noch nicht gefunden. Sie probierte ein paar Sachen an, aber nichts war gut genug. Thom war ein hervorragender Shopping-Partner und bewies, dass er ein gutes Auge hatte.

Aber sie hatte *es* bisher nicht entdeckt.

Schließlich betraten sie einen weiteren Laden und Darcy lächelte die gut gekleidete Frau hinter dem Tresen an. Ihr Blick fiel auf ein Kleid, das an einer Schaufensterpuppe im hinteren Teil der Boutique ausgestellt war.

Darcy atmete tief ein. Das war *ihr* Kleid. „Ich würde das gern anprobieren. Bitte."

Die Verkäuferin lächelte. „Es wird Ihnen hervorragend stehen."

Im Umkleideraum zog sie es sich allein an und strich den Ausschnitt glatt. O Mann. Langsam trat sie aus der kleinen Kabine.

Thom war am Handy, aber als er den Kopf hob und sie erblickte, fiel ihm die Kinnlade herunter. „Heilige Scheiße." Er beendete seinen Anruf.

„Ich glaube, du hast gerade jemanden abgewürgt." Darcy drehte sich, und das Meerjungfrauenkleid flatterte um ihre Beine. „Gefällt es dir?"

Er blinzelte. „Du wirst ihn in die Knie zwingen."

Darcy strich mit den Fingern über den glatten Satin. „Meine Kleiderauswahl hat nichts mit Special Agent Alastair Burke zu tun."

„Ja ja. Klar." Thom zwinkerte. „Du siehst einfach umwerfend aus, Darcy."

Sie schaute auf das Preisschild und zuckte zusammen, aber dann sah sie sich wieder im Spiegel an. Das Kleid war es *auf jeden Fall* wert. Was machte es schon, wenn sie ein paar Monate lang Toast essen musste, sobald sie wieder in Denver war.

Dann erinnerte sie sich daran, dass die Gala nicht nur eine Party war, auf der sie ein tolles Kleid tragen konnte. Verdammt, einen Augenblick lang hatte sie die Seidenstraße vergessen.

„Darcy?"

Sie sah zu Thom. „Was, wenn morgen alles schiefgeht?" Dabei dachte sie daran, dass Alastair oder ihren Brüdern etwas passieren könnte. „Was, wenn –?"

„Hey." Thom berührte ihren Arm. „Wir sind bereit

und haben alles vorbereitet. Wir werden sie uns schnappen. Mit dir und THS an Bord haben wir ein verdammt gutes Team zusammengestellt. Und Alastair und ich werden sicherstellen, dass dir nichts geschieht."

Ihr Herz krampfte sich zusammen. Sie wollte auch nicht, dass der immer lächelnde Thom verletzt wurde. Und auf keinen Fall wollte sie, dass dem herrischen, intelligenten Mann, der sich so tief in ihre Haut gebrannt hatte, etwas passierte.

KAPITEL ACHT

Alastair schritt durch die neu gestaltete Lobby des Dashwoods. Überall brannte Licht, und der Raum erstrahlte in neuem Glanz. Die Gäste tummelten sich in Smokings, Seide, Satin und Spitze. Sie unterhielten sich und nippten an ihren Getränken von den gefüllten Tabletts, die die Kellner durch die Menge trugen. In einer Ecke spielte ein Streichquartett.

Als er einen Blick auf die Diamantenausstellung warf, die von großen roten Bannern flankiert wurde, sah er, dass die Hauptvitrine für die Enthüllung noch mit einem schwarzen Tuch bedeckt war. Dann fiel sein Blick auf die hochrangigen Vertreter des Museums, die sich mit einigen Politikern und lokalen Berühmtheiten unterhielten.

Aber Alastair interessierte sich nicht wirklich dafür, wer hier war und was die Leute trugen. Sein Augenmerk galt der Sicherheit. Er suchte den Raum erneut ab und überprüfte die Sicherheitsvorkehrungen am Vordereingang. Jeder wurde gründlich kontrolliert, um sicherzustellen, dass keine Waffen ins Gebäude gelangten. Er entdeckte Thom, der sich geschickt durch die Menge bewegte, und nickte ihm zu. Auch einige andere Agenten waren im Raum verteilt.

Er berührte seinen Kopfhörer. „Kameras?"

„Alles gut", kam die Antwort aus der Sicherheitszentrale.

Dec tauchte aus der Menge auf. Der sonst so schroffe Mann hatte sich ziemlich herausgeputzt und wirkte in seinem Smoking ungewöhnlich gelassen. Eine elegante Brünette in bronzefarbener Seide ging neben ihm – seine Ehefrau, die Archäologin Dr. Layne Ward.

„Burke", nickte Dec.

„Guten Abend." Alastair senkte seinen Kopf grüßend in Laynes Richtung. „Dr. Ward."

Sie lächelte. „Layne reicht."

Decs Blick fiel auf Alastairs Smoking. „Du siehst heute Abend gar nicht wie ein FBI-Agent aus."

„Der Dank gebührt meinem Partner. Seine Besessenheit für Kleidung ist schon fast ungesund." Alastairs Smoking unterschied sich kaum von den anderen im Raum, außer, dass er ihm wie angegossen passte und ganz offensichtlich maßgeschneidert war. Wie zur Hölle Thom das geschafft hatte, ohne jemals seine Maße genommen zu haben, war ihm ein Rätsel. Alastair drehte sich um und durchsuchte erneut die Lobby. „Hast du Darcy gesehen?"

„Sie ist auf dem Weg", antwortete Dec.

Ein Lächeln zeigte sich auf Laynes Lippen. „Wir Mädels haben eine ganze Weile damit verbracht, uns aufzubrezeln. Es wird das Warten wert sein."

Der Agent war sich unsicher, wie er das Lächeln einordnen sollte, daher wandte er sich wieder Dec zu. „Dein Team ist in Position?"

Der Mann nickte und deutete diskret durch den Raum.

Alastair erkannte Darcys älteren Bruder, Callum. Er und Dec waren zwar keine Zwillinge, aber ihre Ähnlichkeit war verblüffend. Dani, seine Ehefrau und eine weltbekannte Fotografin, begleitete ihn. Offensichtlich hatte sich das Paar in jüngster Vergangenheit von einem Mönch in Tibet trauen lassen, als sie mal wieder auf Weltreise gewesen waren. Es war auch nicht überraschend, dass sie eine kleine Kamera in der Hand hielt und Fotos schoss. Das Licht wurde von ihrem kurzen, grünen Paillettenkleid reflektiert. Ihr Ehemann betrachtete sie dabei liebevoll.

In der Nähe entdeckte Alastair Logan O'Connor. Gut, man konnte ihn auch kaum übersehen. Er war groß, mit hellbraunem Haar, das ihm über die Schultern fiel. Sein Blick war finster, während er an seiner Fliege zupfte. Dann blieb Logans Blick an etwas hängen und sein Gesichtsausdruck veränderte sich. Alastair blinzelte. Die sonst so harten Zügen des Mannes wurden weicher, und der Typ lächelte beinahe …

Die Menge teilte sich, und eine wunderschöne, schlanke Blondine in einem weißen Seidenkleid und mit zwei Gläsern Champagner in der Hand glitt auf O'Connor zu. Als sie den Mann erreichte, legte er einen Arm um ihre Taille und zog sie zu einem Kuss heran. Gott, die beiden sahen aus wie die Schöne und das Biest.

„Morgan und Zach sind im Zwischengeschoss", erklärte Declan.

Alastair sah auf. Morgan Kincaid lehnte am Geländer. Sie war eine große, athletische Brünette, und ihr kurzes, aquamarinfarbenes Kleid betonte ihre endlos langen Beine. Neben ihr lehnte ein Mann, der in seinem Smoking sehr elegant aussah – der Archäologe Zachariah James. Sie lächelten sich an, als hätten sie sich gerade einen privaten Scherz erlaubt.

Sein Blick wanderte vom Zwischengeschoss die Treppe hinunter, und er entdeckte eine kleine, fitte Frau mit kupferfarbenem Haar. Ihr langes schwarzes Kleid flatterte um ihre Beine. Sie legte den Kopf zurück und lächelte den Mann an ihrer Seite an. Peri Butler – eine erfahrene Polarführerin. Der dunkelhaarige Mann neben ihr war der ehemalige SEAL und CIA-Agent Ronin Cooper. Alastair wusste nur zu gut, dass Cooper ein Mann war, mit dem man sich nicht anlegte.

„Hallo, Alastair."

Als er die weibliche Stimme hinter sich hörte, drehte er sich rasch um. Sein Blick fiel auf die blonde Frau in dem hellblauen Kleid und ein Gefühl der Freude durchströmte ihn. An manchen Tagen vermisste er es, mit Special Agent Elin Alexander zu arbeiten. Schnell ging er auf sie zu und drückte ihr ein Küsschen auf die Wange.

Dann machte er wieder einen Schritt zurück und betrachtete den gut aussehenden, dunkelhäutigen Mann neben ihr, der breit lächelte.

„Ich bin immer noch sauer auf dich, Hale", meinte Alastair. „Du hast mir meine beste Agentin geklaut."

Hale Carter zog Elin sanft zu sich. „Sie arbeitet doch noch für das FBI, Burke." Der große Mann lächelte sie liebevoll an. „Ihr gefällt nur das Wetter in Denver besser."

Elin lachte, und das Geräusch erwärmte seine Brust. Es war schön, sie glücklich zu sehen. Lange Zeit hatte sie wie Alastair nur für den Job und ihre Rache an der Seidenstraße gelebt. Carter war ein guter Mann, und Alastair freute sich wirklich für sie.

„Ist alles bereit?", fragte Elin leise.

Alastair nickte. „Wir werden die Diamanten bald präsentieren, und dann warten wir darauf, dass der *Sammler* zuschlägt." Er sah erneut zu Dec. „Du hast gesagt, deine Eltern würden kommen." Er hatte die Wards in der Menge noch nicht entdeckt.

„Wir sind doch hier, Agent Burke!", rief eine amüsierte weibliche Stimme hinter ihm. „Haben Sie etwa Angst, ich würde auf die Idee kommen, etwas zu stehlen?"

Schnell drehte er sich um. Professor Oliver Ward, ein angesehener Geschichtsprofessor, stand neben einer kleinen, zierlichen Frau in mitternachtsblauem Kleid. Der Professor hatte ein attraktives Gesicht und gut geschnittenes, graues Haar. Die Frau musterte Alastair kühn mit grauen Augen. Persephone Ward, berühmte – oder berüchtigte – Schatzjägerin. Darcys Eltern.

„Dr. und Mrs. Ward." Er senkte leicht seinen Kopf. „Natürlich würde mir nie auch nur im Traum einfallen, dass Sie etwas stehlen würden." Okay, vielleicht war ihm der Gedanke mal ganz kurz gekommen.

Persephone Wards Lächeln machte deutlich, dass sie

genau wusste, was er dachte. „Sie sind also der Agent, der meine Tochter in den Wahnsinn treibt."

„Schuldig im Sinne der Anklage." Der Agent hielt ihrem Blick stand. „Aber um fair zu bleiben, das Gleiche schafft sie bei mir."

Oliver lächelte und Persephone lachte kurz.

Alastair sah sich noch mal um. „Da wir schon vom Teufel sprechen – wo ist Darcy?"

Elin räusperte sich. „Da kommt sie."

Der FBI-Agent drehte sich um und im nächsten Moment hatte er das Gefühl, dass der Boden unter seinen Füßen nachgab. Sein Herz klopfte heftig gegen seine Rippen.

Die Menge teilte sich, als sie sich ihnen näherte. *Verdammte scheiße.* Er versuchte zu atmen, aber es war fast unmöglich. Seine Brust war zu fest verkrampft.

Sie trug ein seidiges, glänzendes Abendkleid in Rot, das ihre Figur perfekt betonte. Es schmiegte sich eng an ihren Körper und weitete sich erst an ihren Beinen. Der Ausschnitt zeichnete sich von ihren schlanken Schultern ab, zeigte viel zu viel Haut und brachte ihre herrlichen Brüste zur Geltung.

„Atmen", murmelte Elin und klang ziemlich amüsiert.

Er schaffte es endlich, ein wenig Luft in seine Lungen zu zwingen. Darcys Augen trafen seine, und sie schenkte ihm ein verführerisches Lächeln.

„Hi Leute."

„Du siehst umwerfend aus, Darcy." Layne umarmte ihre Schwägerin.

Alastair stand wie vom Blitz getroffen einfach da und

beobachtete, wie sie ihre Familie und Freunde begrüßte. Anspannung baute sich in ihm auf.

„Du siehst wunderschön aus, Süße", seufzte Persephone mit einem bewundernden Lächeln.

Als ihre blau-grauen Augen erneut seine trafen, nahm er ihren Arm. „Wir müssen ein paar Sicherheitsprobleme zusammen durchgehen." Schnell zog er sie von der Gruppe weg und hinter eine der Säulen.

Ihre Augenbrauen zogen sich zusammen. „Hey –"

Plötzlich drehte er sie um und drückte sie gegen die Säule.

Daraufhin huschten ihre Brauen höher. „Ich dachte, du wolltest mit mir etwas überprüfen?"

Ihm fiel auf, dass sie sich *Smokey Eyes* geschminkt hatte. Ihre Lippen waren hellrot wie ihr Kleid.

„Du versuchst, mich umzubringen, oder?", knurrte er.

Ihr Gesichtsausdruck änderte sich und wirkte jetzt zufrieden. „Denkst du wirklich, das Kleid sei für dich, Agent Burke?"

Er legte seinen Arm über ihren Kopf gegen die Säule und lehnte sich vor. Heute Abend trug sie ein anderes Parfüm, das sehr sexy roch und ihm sofort zu Kopf stieg.

„Ja, das glaube ich tatsächlich."

Sie biss in ihre Unterlippe. „Damit hast du wohl recht."

„Du bist umwerfend schön, Darcy." Sein Atem strich über sie, und die Luft um sie herum wurde brennend heiß. „Ich will nicht, dass dich jemand anderes ansieht."

„Du Höhlenmensch."

„Genauso fühle ich mich auch, weil ich weiß, dass

jeder Mann in diesem Raum dich anschauen und sich wünschen wird, dir das Kleid ausziehen zu können."

Sie schluckte schwer. „Nun, sie können mich gern ansehen, aber nicht anfassen."

Seine Stimme wurde leiser und sein Blut strömte zäh durch seine Adern. „Darf ich dich anfassen?"

Ihre Wimpern flatterten. „Ich werde darüber nachdenken." Ihre Nägel strichen über sein Hemd und fuhren die Knöpfe bis zu seiner Fliege hinauf. „Du siehst heiß aus im Smoking. Thom hat den für dich ausgesucht, oder?"

Alastair stöhnte. „Wir haben noch einen Job zu erledigen. Ich muss mich konzentrieren." Er zwang sich dazu, einen Schritt von ihrem verlockenden Körper wegzutreten.

Als Darcy ebenso zurückwich, raschelte die Seide ihres Kleides. Sie hielt inne und drehte sich um, um ihm über ihre nackte Schulter einen Blick zuzuwerfen. „Schnappen wir uns die bösen Jungs, Alastair. Später werde *ich* dich dann anfassen, wenn du Glück hast."

DARCY ATMETE TIEF ein und versuchte, sich zu konzentrieren, was mit einem feuchten Höschen ziemlich schwer war.

Sie beobachtete, wie Alastair zu seinen Agenten schritt, um sich mit ihnen auszutauschen. Das mit dem Smoking war keine Lüge gewesen – es sollte illegal für einen Mann sein, so verdammt gut in dem Kleidungsstück auszusehen. Es passte ihm wie angegossen. Sie sabberte fast, und ihre Pussy zog sich zusammen.

„Weißt du, zu sehen, wie du ihn ansiehst und er dich ... Ich muss schon sagen, da wird mir ganz heiß und schummrig."

Darcy drehte sich um und strahlte vor Freude. „Sloan!"

Sie umarmte ihre Freundin. Das dunkle Haar der Frau war zu weichen Locken gestylt und sie trug ein trägerloses Kleid in dunkellila.

„Du siehst wie immer umwerfend aus."

Sloan hob eine Braue. „Du siehst so heiß aus, dass ich Angst habe, mich an dir zu verbrennen."

„Was machst du denn hier?"

„Ich wollte heute Abend dein Backup sein. Ohne dich hätte die Seidenstraße Diego und mich erledigt. Deswegen sind wir hergekommen, um euch zu helfen."

Darcy wäre es lieber gewesen, wenn ihre Freundin weit weg in Miami wäre, in Sicherheit. Aber Sloan war eine erfahrene DEA-Agentin und konnte eindeutig auf sich selbst aufpassen.

Sie warf einen Blick in die Menge. „Okay, wo ist denn dein heißer Kerl?"

Ein Lächeln kräuselte Sloans Lippen. „Er wollte Declan begrüßen."

Darcy folgte den Augen ihrer Freundin, und erneut krampfte sich ihre Pussy zusammen. Diego Torres ein verdammtes Prachtexemplar eines Mannes. Er hatte dunkle Haut, zerzaustes braunes Haar und ein sexy Lächeln. Der ehemalige SEAL, der jetzt Kapitän eines Rettungs- und Bergungsschiffes war, trug keinen

Smoking, sah aber in seinem blauen Anzug mit dem weißen Hemd und ohne Krawatte hervorragend aus. *Mr. Cool.*

„Sloan, wenn du nicht meine beste Freundin wärst, würde ich dir den Mann wegschnappen", erklärte Darcy.

Sloan nippte an ihrem Champagner. „Ach ja?" Die Brünette grinste. „Dann muss ich mich wohl an einen gewissen, heißen FBI-Agenten ranmachen."

Darcy schnaubte laut. „Versuch es ruhig, dann mache ich dich fertig."

Ihre Freundin lachte.

Darcy suchte den Raum ab und fand ihn auf Anhieb. Er stand auf der Treppe und gab wie immer ein paar seiner Agenten Anweisungen. Er sah so verdammt gut aus. Sie würde wetten, dass er im Bett genauso herrisch war. Ihr Bauch bebte. Das wollte sie unbedingt auf die Probe stellen.

„Ich brauche dringend eine Zigarette", meinte Sloan.

Darcy schlug ihr in dem Moment auf den Arm, in dem Diego zu ihnen stieß.

„Hi, Diego."

„*Hola,* Darcy." Er lächelte sie an und streckte seinen Kopf vor, damit sie ihn auf die Wange küssen konnte. „Du siehst unglaublich toll aus." Der Mann streckte sich und warf einen Blick auf die Meute.

Darcy grinste. Dieser SEAL war zwar nicht mehr in der Navy, aber ein SEAL war er immer noch.

„Alles gut?", fragte er.

„Bis jetzt."

In diesem Moment überkam sie ein Anflug von Nervosität. Sie hatte sich so sehr auf Alastair konzentriert und darauf, ihm ihr Kleid zu zeigen, dass es sich jetzt so anfühlte, als ob sie ihre Anspannung damit hatte verdrängen wollen.

Sie holte tief Luft und entschied, das Gefühl zu kanalisieren. Die Seidenstraße zu Fall zu bringen, hatte oberste Priorität, und das würden sie auch schaffen. Heute Abend.

„Ladies und Gentlemen." Der Direktor des Dashwood Museums, Mr. Linus Monroe, stand auf dem Podium und seine Stimme hallte in der Lobby wider. „Willkommen zur Eröffnung einer wirklich unglaublichen Ausstellung. Ein großzügiger Spender hat seine private Kollektion für uns geöffnet und sich bereit erklärt, diese faszinierenden Schätze mit uns zu teilen."

Darcy spürte, wie Alastair hinter sie trat, während die anderen Gäste klatschten.

„Und ich möchte mich auch für die Kooperation eines befreundeten, weltbekannten Museums aus Frankreich bedanken ... wahrscheinlich würde Ihnen der Name nichts sagen."

Höfliches Gelächter ertönte.

Der Direktor grinste und winkte mit der Hand ab. „Unser besonderer Dank gilt dem Louvre für seine Großzügigkeit, uns einige sehr einzigartige, exquisite Edelsteine zur Vervollständigung der Ausstellung zur Verfügung zu stellen. Daher, meine Damen und Herren, ist es mir eine große Freude, heute Abend die Ausstellung *Verfluchte Diamanten* zu enthüllen."

Ein Scheinwerferlicht erleuchtete die Vitrine mit den Diamanten, die immer noch von dem schwarzen Vorhang verborgen war.

Ohne nachzudenken, streckte Darcy die Hand aus und ergriff Alastairs.

Das ist der Moment. Ein Gefühl der Aufregung zog sich durch die Menge und sie hörte Gemurmel. Alastairs Finger drückten ihre.

Der Direktor riss an dem schwarzen Stoff und zog ihn herunter.

Alle im Raum keuchten fast unisono auf.

Die Diamanten glitzerten in der durchsichtigen Vitrine.

„Ladies und Gentlemen, es ist mir eine Freude, Ihnen drei kostbare Schätze zu präsentieren: den Sancy, den Regent und den Black Orlov."

Beifall und Jubel brachen aus.

Plötzlich gingen die Lichter aus und tauchten das Museum in tiefe Dunkelheit.

KAPITEL NEUN

Jeder Muskel in Alastairs Körper spannte sich in Alarmbereitschaft an.

Neben ihm erwachte ein Licht zum Leben, und er bemerkte, dass Darcy ihr Tablet gezückt und angeschaltet hatte – Gott allein wusste, wo sie das Gerät versteckt hatte.

„Ich verschaffe mir Zugang zum System", murmelte sie.

Die Notfallbeleuchtung des Museums ging an – kleine Lampen am Fuße der Wände – und erhellte die Lobby in einem dämmrigen Licht.

„Schalte die Helligkeit des Tablets runter", forderte er. Er wollte nicht, dass sie als Ziel zu sehen war.

Das Licht schwand fast bis zur Unkenntlichkeit.

Alastair trat zu ihr und konnte ihre Wärme an seinem Körper spüren. „Die Diamanten?"

„Sind immer noch in der Vitrine."

Überall um sie herum erklang verwirrtes Gemurmel.

Alastair drückte mit seinem Finger auf seinen Kopfhörer. „Thom? Thom?" Nichts. „Sie haben die Kommunikation gestört."

Darcy gab einen sehr kreativen Fluch von sich. „Die Mistkerle hätten das nie schaffen sollen. Sehen wir mal, was ich dagegen unternehmen kann."

„Was zur Hölle ist hier los?", rief jemand.

„Bleiben Sie bitte alle ruhig!", erwiderte Burke.

„Die Hauptbeleuchtung hat keinen Saft mehr", flüsterte Darcy. „Aber sie haben es nicht ins System geschafft, daher schätze ich, dass sie den Strom *draußen* unterbrochen haben. Ein Zufall ist das jedenfalls nicht."

Das hatte Alastair auch keine Sekunde geglaubt.

„Die Kameras funktionieren noch. Ich schalte sie jetzt auf Nachtsicht um."

Er bemerkte, wie der Bildschirm von ihrem Tablet zu einem dunklen Bild mit einem ihm bekannten, gruselig grünen Schimmer wechselte.

Sie packte seinen Ärmel. „Alastair, da laufen Gestalten durch die Menge –"

Tatsächlich konnte er sie auch sehen – sie schritten zielstrebig und ohne jedes Zögern voran.

Peng.

Blendgranaten gingen hoch – es gab einen lauten Knall und durchdringende Lichtblitze. *Peng. Peng.* Schreie hallten durch die Lobby.

Alastair stürzte sich auf Darcy und riss sie zu Boden. Er gab ihr Deckung, konnte aber immer noch sehen, wie sie verzweifelt auf ihrem Tablet herumtippte.

„Ja! Die Kommunikation funktioniert wieder."

Diese Frau ist brillant. „Thom?"

„Bin hier. Wir ziehen los und schalten sie aus."

Thom klang konzentriert und angepisst. „Geht es euch gut?"

„Ja. Ward? Hörst du mich?"

„Mein Team ist auch unterwegs." Ward wollte den Typen eindeutig in den Arsch treten. „Passt du auf Darcy auf?"

„Sie ist bei mir und es geht ihr gut."

Waffenfeuer erklang. Das Gemurmel der Menge klang jetzt erschrocken, während Schreie und Rufe es durchbrachen. *Verdammt.* Alastair biss die Zähne zusammen. Keine Waffe hätte es hier rein schaffen sollen. Sie hatten jeden durchsucht.

„Wie konnten sie die Waffen und Granaten reinschmuggeln?", fragte Darcy.

„Das werde ich bald herausfinden", erwiderte er grimmig.

Panik machte sich breit. Die Schreie eskalierten und die Leute begannen, einander zu schubsen.

Er musste Darcy in Sicherheit bringen, an einen Ort, an dem niemand über sie hinwegtrampeln konnte. An einen Ort, an dem sie sich keine Kugel einfangen würde. Wachsam erhob er sich und riss sie auf die Beine. „Wir müssen hier weg."

Schnell zog er sie hinter sich her, während er sich einen Weg durch die verzweifelte Menge bahnte, und führte sie in den hinteren Bereich der Lobby. In der Dunkelheit erkannte er den Infostand des Museums und den Flur, der zu den Toiletten führte.

Noch mehr Waffenfeuer ertönte, dieses Mal direkt in ihrer Nähe. Er bugsierte sie hinter eine Säule und drückte sie dagegen. „Warte hier."

Ohne zu zögern, zog er seine Glock. Im Licht des Bildschirms konnte er Darcy nicken sehen. Ihre Augen waren groß, aber sie riss sich zusammen wie ein Profi. Er berührte ihr Kinn, und sie streckte sich auf die Zehenspitzen, um ihn auf die Lippen zu küssen.

„Mach deinen Job, Alastair. Und sei vorsichtig."

Gott, sie war wirklich der Hammer. Er atmete tief ein und aus und trat vor die Säule.

Direkt vor ihm feuerte ein Mann. Zumindest schoss der Wichser in Richtung Decke und nicht in die Menge. Offensichtlich wollte er nur Panik verbreiten und niemanden umbringen. Zumindest im Moment.

Alastair schlich näher an ihn heran. Leise glitt er direkt hinter ihn, bevor er ihm einen harten Schlag in den Nacken verpasste. Der Söldner stolperte stöhnend nach vorn und seine Waffe fiel klackernd auf die Fliesen.

Er nutzte die Gelegenheit, ihm noch einen Schlag zu verpassen, und der Mann sank bewusstlos zu Boden. Schnell zückte Alastair Kabelbinder aus seinen Taschen und fesselte ihn. Der Typ trug einen Smoking, daher schätzte er, dass sich die Seidenstraße als Gäste getarnt eingeschlichen hatte.

Der FBI-Agent nahm die Pistole des Mannes, die ein merkwürdiges Design aufwies und verdammt leicht war. In diesem Moment erkannte Alastair, worum es sich handelte – eine Waffe aus dem 3D-Drucker, die komplett aus Plastik bestand. *Scheiße.*

Um ihn herum erklangen immer noch Schreie, Rufe und Schüsse. Doch nun hörte er auch deutliche Geräusche von Nahkämpfen. Sein Team und THS kämpften gemeinsam gegen die Eindringlinge.

Erneut berührte er seinen Kopfhörer. „Thom?"

„Ja."

„Sie nutzen Waffen aus dem 3D-Drucker."

Die Flüche seines Partners schallten durch die Leitung. Irgendwo in der Nähe ging eine weitere Blendgranate hoch und die Schreie wurden lauter.

„Warn das Team", befahl Alastair.

„Schon dabei. Alastair, der Eingang wurde von außen verbarrikadiert."

Verdammt. „Verstanden. Schnappen wir uns diese Wichser. Ich will nicht, dass jemand verletzt wird."

Er eilte zurück zur Säule, an der er Darcy zurückgelassen hatte, und erstarrte vor Schreck.

Sie war nicht mehr da.

Auf dem Boden bemerkte er ein schwaches Licht. Er bückte sich auf ein Knie und sein Herz blieb stehen.

Es war ihr Tablet. Der Bildschirm lag auf den Fliesen und strahlte nur noch ein schwaches Licht aus.

Nein.

Er schnappte sich das Gerät, hob den Kopf und durchsuchte den Raum.

Plötzlich hörte er ein weibliches Grunzen in der Nähe und Geräusche, die auf ein Handgemenge schließen ließen. Sein Kiefer spannte sich an, er packte seine Waffe und folgte dem Geräusch.

DARCY WEHRTE sich gegen den Mann, der sie wegzog.

Arschloch.

Er hatte sie überrascht und ihr einen harten Schlag in den Bauch versetzt.

„Mach schneller", knurrte der Mann.

„Mit diesen Absätzen kann ich nicht schneller laufen, Arschloch." Das war gelogen, aber er konnte das wohl kaum wissen.

Er zerrte sie grob an sich, sodass sie fast durch die Luft flog. Sie war ihm nahe genug, um zu sehen, dass er einen schwarzen Seidenschal über die untere Hälfte seines Gesichts gezogen hatte. Klar, verdammte Seidenstraße. Dazu trug er einen Smoking, daher nahm sie an, dass er und seine Kumpanen sich als Gäste verkleidet hereingeschlichen hatten.

Sie schleifte ihre Füße über den Boden, damit sie langsamer vorankamen. Alles, was sie brauchte, war eine Gelegenheit, damit sie ihn zur Strecke bringen konnte. „Lass mich einfach gehen. Ich habe nichts, was du willst."

„Wir wissen, wer du bist, Ms. Ward."

Als er erneut an ihrem Arm zog, stieß ihre Hüfte gegen einen Gegenstand – wahrscheinlich den Infostand. „Du weißt also, dass meine Brüder, THS und das FBI mich suchen werden?"

„Wir benötigen deine Computerkenntnisse."

„Ich werde der Seidenstraße *auf keinen Fall* helfen." Verdammt, sie würde sich ihre Gelegenheit einfach selbst schaffen.

Sie tat so, als würde sie stolpern, und rammte dabei seinen stämmigen Körper. Ihre Finger streiften den Kolben einer Pistole im Holster.

Ja. Sie griff danach.

Aber bevor sie die Waffe aus dem Holster ziehen konnte, drehte er sich um und schlug nach ihr. Darcy riss ihren Arm hoch und wehrte den Schlag ab. Ein stechender Schmerz durchzog ihren Arm und ließ sie zusammenzucken. Das Arschloch war stark.

Gut, dass Dec ihr beigebracht hatte, dass man einen Kampf nicht allein mit körperlicher Stärke gewinnen konnte.

Sie stieß ihren Handballen gegen seine Kehle.

Der Mistkerl gab einen würgenden Laut von sich, aber es war dunkel, und sie hatte nicht richtig gezielt. Ihr war klar, dass sie nicht hart genug getroffen hatte, um ihn zu erledigen. Mit einem kräftigen Tritt stieß sie ihren Absatz in seinen Knöchel.

Der Mann taumelte zurück. „Schlampe!"

„Ja, bin ich, wenn ich es sein muss. Besonders, wenn ich es mit diebischem Gesindel wie euch zu tun habe."

Mit einem Knurren stürzte er sich wieder auf sie. Darcy wirbelte herum und landete einen Treffer gegen seine Niere. Er grunzte und packte ihr Haar, als sie sich erneut drehte.

Autsch. Der Mann zog sie näher und seine rauen Finger griffen nach ihrem Hals. Sie wirbelte herum und trat um sich, während sie versuchte, seinen Griff zu brechen, der Spuren auf ihrer Haut hinterließ.

Ein schmerzhaftes, elektrisches Gefühl durchflutete ihren Körper. *Wieder autsch.*

Dann wurden ihre Beine schlaff. *Nein.* Er hatte einen Nerv oder Druckpunkt getroffen. Sie sackte gegen ihn und ihre Sicht trübte sich. Verzweifelt versuchte sie, gegen die Bewusstlosigkeit anzukämpfen.

Plötzlich bewegte sich ein dunkler Schatten aus der Schwärze und stieß gegen den Mann.

Der Seidenstraßen-Schläger ließ sie los, und sie rutschte zu Boden. Als Darcy aufblickte, konnte sie gerade noch erkennen, wie sich Alastair und der Mann im Schein der Notbeleuchtung heftige Schläge verpassten.

Das Geräusch der Fäuste, die auf Fleisch trafen, und das schmerzhafte Stöhnen ließen sie zusammenzucken. Sie musste Alastair helfen. Schnell zwang sie sich auf ihre Knie.

Hände griffen nach Darcys Arm und zogen sie hoch.

„Nein!", wimmerte sie. Ein dunkler Schatten überragte sie. Auch das Gesicht dieses Mannes war von einem dunklen Schal verdeckt. Sie riss ihr Kleid hoch und trat nach ihm, wobei sie einen sehr spitzen Absatz in seinem Oberschenkel versenkte.

Der Wichser taumelte zurück und zog eine Handfeuerwaffe. Als er auf sie zielte, gefror das Blut in ihren Adern.

Scheiße! Was jetzt?

Alastair rammte den Angreifer wie ein Football-spieler auf dem Spielfeld. Die beiden Männer prallten gegen eine Säule, und sie keuchte auf.

Dann traf ein scharfer Schlag Darcys Hinterkopf, und Schmerz durchzuckte sie. Sie fiel nach vorn und landete auf ihren Händen und Knien.

„Nein!", rief Alastair.

Durch ihr verschwommenes Blickfeld konnte sie sehen, wie er sich umdrehte und zu ihr rannte.

Gott, er war umwerfend. Schnell fiel er neben ihr auf die Knie und zog sie in seine Arme.

„Darcy."

In dem Moment bemerkte sie die Söldner der Seidenstraße, die auf sie zukamen. Kurz bevor sie bewusstlos wurde, sah sie, wie jemand eine merkwürdig aussehende Waffe an Alastairs Kopf hielt.

Nein. Doch die Dunkelheit umfing sie.

KAPITEL ZEHN

Alastair streichelte Darcys seidiges Haar. „Wach auf, Babe. Bitte."

Man hatte sie in einem verdammten Abstellraum eingesperrt. Er war klein und roch nach Bleiche und anderen Chemikalien. Der FBI-Agent konnte nichts sehen, weil das einzige Licht, das den Raum erhellte, von unten durch den Türspalt drang.

Burke hielt Darcys schlaffen Körper in seinem Schoß. Sie war bis jetzt nicht wieder aufgewacht, und Übelkeit breitete sich in seinem Magen aus. Er konnte sie nicht sehen, aber er spürte, wie sich ihre Brust hob und senkte. Sanft streichelte er weiterhin ihr Haar.

Sie wird wieder. Ihr darf einfach nichts passiert sein. Er konnte die Beule auf der Rückseite ihres Kopfes spüren, die geschwollen war, aber nicht blutete.

Die Seidenstraße hatte sein Handy, seinen Kopfhörer und seine Waffe mitgenommen. Und natürlich ebenso Darcys Tablet.

Jetzt war er hilflos hier gefangen. Hässliche Erinne-

125

rungen regten sich, aus einer anderen Zeit, in der er in einem Schrank eingesperrt gewesen war. Einer anderen Zeit, in der eine Frau, um die er sich gesorgt hatte, verletzt worden war. Seine Lungen zogen sich zusammen, und er atmete scharf ein.

Dabei versuchte er, ruhig zu bleiben. *Einatmen und ausatmen. Ein und aus.* Mit der Hand fuhr er über Darcys glatte Wange. Die leichte Berührung half dabei, seine Brust zu lockern. Er sorgte sich um die kluge, freche Darcy Ward. Verdammt viel sogar.

Alastair hatte lange Zeit nicht zugelassen, dass er so für jemanden empfand. Zumindest nicht so stark. Verdammt, eigentlich hatte er diese Art der Gefühle immer verdrängt. In diesem Moment wollte er einfach nur, dass sie aufwachte. Die hässlichen Emotionen, die er immer zurückdrängte – die Wut, die Furcht, der Schmerz – brodelten in ihm. Er versuchte, sie wegzuschieben, aber die Dunkelheit war ihr Lebensraum. Sie versuchten immer, mitten in der Nacht sein Bewusstsein zu durchdringen. Und in jeder angespannten Situation, wenn er allein war.

Draußen vor der Tür hörte er gelegentlich Pistolenschüsse und Schreie. Mit einem Fluch packte er Darcy fester. „Bitte wach auf, Baby." *Lass mich nicht hier allein im Dunkeln zurück.*

Plötzlich regte sie sich in seinen Armen.

Sein Herzschlag setzte aus. „Darcy?"

Sie gab ein leises Geräusch von sich und ihre Hände umklammerten seinen Unterarm. „O mein Gott, ich kann nichts sehen."

„Wir sind in einem Abstellraum eingesperrt. Hier gibt es kein Licht."

„Verdammte Seidenstraße", murmelte sie. „Gehts dir gut?"

Er berührte ihre Wange. „Du bist diejenige, die einen Schlag gegen den Kopf abbekommen hat, also sollte eher ich dich fragen."

„Das Letzte, an das ich mich erinnere, ist, dass man dir eine merkwürdige Waffe an den Kopf gedrückt hat."

„Mir gehts gut." Dort, wo ihn einer der Typen erwischt hatte, bildete sich ein blauer Fleck, und ein paar andere Stellen schmerzten unter seinem Hemd, aber das war nicht sonderlich schlimm. Sein Smoking war zerrissen, und er war sich ziemlich sicher, dass Thom angepisst sein würde. Alastair schluckte. Sein Magen und seine Brust krampften sich erneut zusammen. „Sie haben Waffen aus dem 3D-Drucker dabei."

„Ah, das erklärt, wie sie sie durch die Sicherheitskontrolle schmuggeln konnten. Ich dachte, selbst die besten Plastikwaffen verfügen noch über ein paar Metallteile?"

„Ich schätze, die Seidenstraße hat das Design perfektioniert."

„Scheint so, als läge ich wieder in deinem Schoß", stellte sie fest.

Sie bewegte sich, um sich aufzusetzen, und er half ihr. Als sie versuchte, vor ihm zurückzuweichen, hielt er sie fest, damit sie auf seinem Schoß sitzen blieb. Er musste sie festhalten, um sicherzugehen, dass es ihr gut ging, und um diese verdammten alten Erinnerungen fernzuhalten.

„Ich mag es, wenn du hier liegst."

Alastair spürte, wie sie erstarrte. Gott, er wünschte, er könnte ihr Gesicht sehen. Seine Atmung wurde wieder schwerfälliger. Er hatte sie fast verloren. Schon wieder.

„Alastair? Bist du dir sicher, dass alles in Ordnung ist?"

Die Worte wollten sich nicht an dem Kloß in seiner Kehle vorbeidrängen. Stattdessen hielt er sie noch enger an sich gepresst und vergrub sein Gesicht in ihrem Haar.

„Du bist so angespannt." Sie drehte sich um, und ihre Hände wanderten über seine Schultern. „Atme tief durch, Liebling. Es geht uns gut."

„Wir befinden uns in einer ziemlich misslichen Lage." Seine Stimme war heiser. „Ich wollte nie das Leben von Menschen derart aufs Spiel setzen."

Darcy berührte seine Wangen, als würden sich ihre Finger sein Gesicht in der Dunkelheit einprägen. „Aber das ist nicht der wahre Grund, oder?"

Er fragte sich, warum sie ihn so gut lesen konnte, obwohl sie ihn nicht einmal sehen konnte. Langsam stieß er einen zittrigen Atemzug aus. „Du weißt, dass meine Mutter gestorben ist."

„Ja."

„Die Seidenstraße hat sie umgebracht."

„Was?", flüsterte Darcy.

„Sie haben uns in unserer Wohnung angegriffen und mich in einen Schrank gesperrt. Ich habe durch einen Spalt gesehen, wie die Männer sie befragt haben. Sie haben sie gefoltert und ihr danach in den Kopf geschossen."

„O Gott, Alastair." Sie legte ihre Arme um ihn.

„Sie hatte auf dem Flohmarkt eine Vase gekauft. Für drei Dollar. So etwas hat sie ständig gemacht. Den Müll anderer Leute durchsucht, Sachen durchwühlt, die sie weggeworfen haben, um etwas Schönes für uns zu finden. Wir waren arm, aber dank ihr sah unsere Wohnung schön aus." Ein weiterer, zittriger Atemzug entwich ihm. „Sie fand die Vase hübsch. Aber dann stellte sich heraus, dass sie tatsächlich aus der Ming-Dynastie stammte und Millionen wert war."

„Das tut mir furchtbar leid, Liebling." Darcy zog sein Gesicht an ihre Brust.

Er atmete ihren Geruch ein und lehnte sich zum ersten Mal seit dem Verlust seiner Mutter an jemand anderen, um Trost zu finden.

Eine Weile verharrten sie so, bevor weitere Schüsse erklangen. Dieses Mal war es viel näher.

Alastair verdrängte die alten Gefühle. Er musste Darcy in Sicherheit bringen. Seine Gedanken klärten sich. „Wir müssen hier raus."

„Ich schätze, du hast es schon mit der Tür versucht?", fragte Darcy.

„Abgeschlossen. Ohne Strom ist das elektronische Schließsystem offline." Alle Türen des Museums konnten nur mit Schlüsselkarten oder Fingerabdrücken geöffnet werden. „Und sie haben mein Handy und dein Tablet mitgenommen."

Sie schnaubte leise. „Dann ist es ja gut, dass ich immer ein Backup dabeihabe."

Alastair erstarrte. „In dem Kleid?"

„Tatsächlich verstecke ich einiges darunter."

Ihr verführerischer Ton sorgte dafür, dass sein

Schwanz steinhart wurde, und er schluckte ein Stöhnen hinunter. Er konnte nicht glauben, dass er in so einer Lage angeturnt war. Aber gut, es war Darcy, von der sie hier redeten.

Sie bewegte sich in seinem Schoß, und er spürte den seidigen Stoff auf seiner Haut. Er merkte, dass sie den Saum ihres Kleides nach oben schob.

„Darcy –"

„Konzentriere dich, Alastair."

„Du bringst mich noch um."

„Da draußen laufen böse Jungs frei herum. Und Menschen, denen wir helfen müssen."

Als er seine Hand ausstreckte, fühlte er glatte Haut. Dann packte er ihr Knie. Sie griff nach etwas in der Nähe ihres Innenschenkels. Sein Schwanz pochte, und er verbiss sich ein Stöhnen. Unfähig, sich zurückzuhalten, streichelte er die Rückseite ihres Schenkels.

Sie atmete aus. „Hey, du musst dich konzentrieren, erinnerst du dich? Herrje, kein Wunder, dass du die Seidenstraße noch nicht geschnappt hast. Du bist leicht abzulenken."

„Nur von dir."

Darcy erstarrte. „Hör auf, so liebevoll zu sein, wenn wir uns in einer so brenzligen Lage befinden und ich dich nicht sehen kann." Sie hielt etwas hoch und ein Licht flackerte auf. Er konnte sehen, dass sie eine Art schmales Gerät in der Hand hatte. Schlagartig erkannte er, dass es ein Mini-Tablet in der Größe einer Kreditkarte war. Der Agent beobachtete, wie sie das Gerät aufklappte und auf den Bildschirm tippte.

„Okay, ich schicke Dec eine Nachricht", erklärte sie. „Wo genau sind wir?"

„Im Abstellraum des Hausmeisters nahe dem Infostand."

Sie tippte erneut. „Erledigt."

„Wo zur Hölle hast du das versteckt? Wie konntest du das unter diesem Kleid verbergen?"

In dem schwachen Licht sah er ihr freches Zwinkern. „Das ist eines meiner vielen Geheimnisse, Agent Burke."

Alastair wollte plötzlich all ihre Geheimnisse kennen. Er wollte alles über diese Frau wissen –

über ihre Träume, ihre Wünsche, was sie zum Lachen oder zum Seufzen brachte.

„Okay, wie wäre es, wenn wir uns jetzt einen Weg hier raus suchen?" Sie stand auf, wodurch ihr Kleid bis zu den Knöcheln zurückflatterte. Anschließend ging sie zum elektronischen Türschloss, schloss ihr Tablet an und machte sich an die Arbeit.

„Kannst du die Schlösser wieder einschalten?" Er stand auf.

Darcy sah nicht auf. „Wahrscheinlich nicht alle direkt von hier aus, aber ich sollte in der Lage sein, das hier zu knacken."

Als er Darcy heute Abend zum ersten Mal gesehen hatte, war er von ihrer Schönheit überwältigt gewesen.

Aber jetzt, in diesem Moment, erregten ihn ihre konzentrierten Augen und ihre grimmige Intelligenz genauso stark.

„Geschafft!", jubelte sie, sah hoch und lächelte.

Ein Klick ertönte und die Tür öffnete sich.

Alastair packte sie und drückte ihr einen harten Kuss

auf die Lippen. Als er sich zurückzog, freute er sich darüber, wie benommen sie aussah. „Bleib hinter mir."

„Klar", meinte sie.

Er hielt inne. „Das ist doch nicht gelogen, oder?"

Ihre hübschen Züge glätteten sich. „Was? Ich und lügen? Natürlich nicht."

Kopfschüttelnd erwiderte er: „Lügnerin."

„Du bist so ein Charmeur, Agent Burke."

Vorsichtig schlichen sie zurück in die Lobby und betrachteten das dortige Chaos. Es war noch dunkel, und der Rauch der Granaten hing in der Luft. Vereinzelt wurde gekämpft, und er wusste, dass seine Agenten und THS daran arbeiteten, die Situation in den Griff zu bekommen.

Er spürte, wie Darcys Finger in die Gürtelschlaufen seiner Hose schlüpften. Sie bewegten sich vorwärts. Er musste Thom und seine Agenten finden.

Plötzlich zerrte Darcy an seiner Hüfte. „Alastair." Ihr Tonfall klang dringlich.

„Was?"

Sie griff um ihn herum und neigte ihr Mini-Tablet so, dass er den Bildschirm sehen konnte.

Was er sah, ließ seinen Körper erstarren. Die drei leuchtenden Punkte bewegten sich.

„Die Diamanten", zischte sie.

Verdammt. „Komm schon", forderte er sie auf.

DARCY FOLGTE ALASTAIR, der sich durch die

Menge drängte. Überall kauerten Gäste und versteckten sich. Einige schwiegen, während andere schluchzten.

Diese Gala würde auf den Titelseiten der Zeitungen stehen.

Von irgendwoher kamen weitere Schüsse, und sie duckte sich, wobei Alastair ihren Arm festhielt. Gott, Darcy hoffte, dass alle Gäste wohlauf waren. Sie hatten gewusst, dass die Seidenstraße es auf die Diamanten abgesehen haben würde, aber nicht auf diese Weise.

Sie schaute wieder auf ihr Mini-Tablet und sah, wie sich die Diamanten nach oben bewegten. „Die Diamanten sind auf dem Weg ins Zwischengeschoss."

Alastair drehte sich um. In der schwachen Notbeleuchtung sah sie den Schatten eines großen Mannes, der die Treppe hinaufjoggte.

Dann sprintete Alastair los und nahm zwei Stufen auf einmal.

Verdammt! Darcy beeilte sich, ihm zu folgen. Sie konnte gerade noch Cal und Logan in den Schatten ausmachen, die mit einigen Männern der Seidenstraße kämpften.

Sie wusste, dass der Rest des THS-Teams im ganzen Raum verteilt war, um die Seidenstraße in Schach zu halten. Darcy schickte ein stilles Gebet gen Himmel und hoffte, dass es ihnen allen gut ging.

Als sie die halbe Treppe hinauf war, kam Alastair bereits oben an. Er griff den Mann mit den Diamanten an, und sie verlor ihn aus den Augen.

Mit gerafftem Rock raste sie hinauf und erreichte das Zwischengeschoss. Vor ihr umkreisten sich Alastair und der Söldner der Seidenstraße. Eine Sekunde später gingen sie mit fliegenden Fäusten aufeinander los.

Ihre Schläge waren hart und kraftvoll. Ein Treffer streifte Alastair am Kinn, und sie zuckte zusammen. Er wich einem weiteren Schlag aus und rammte dem Seidenstraßen-Wichser seine Faust in den Bauch. Der Mistkerl krümmte sich, und Alastair trat nach ihm.

Plötzlich sah sie das Glitzern von etwas in der Hand des Mannes. Ihr Puls raste wie verrückt.

„Alastair! Er hat ein Messer."

Der Mann holte zum Gegenangriff aus. Alastair sprang zurück, aber er war nicht schnell genug. Im schummrigen Licht war der große Schlitz in Alastairs Hemd deutlich zu erkennen.

Gott, nein. Darcy schnappte sich einen Stuhl in der Nähe und griff an.

„Was zur Hölle?" Der Mann drehte sich um, und sie rammte den Stuhl gegen ihn.

„Darcy, zurück!", stieß Alastair aus.

Ihr Schwung trug sie vorwärts. Sie stieß den Mann von der Seidenstraße gegen das Geländer des Zwischengeschosses.

Er grunzte, dann packte er den Stuhl und riss ihn von ihr weg. Als er ihn wegschleuderte, traf er Alastair, der zurücktaumelte.

Darcy beobachtete den Mann weiter. Er war kaum mehr als ein Schatten. Sie sah das Aufblitzen des kleinen Metallkoffers, der die Innentasche seiner Jacke ausbeulte. *Die Diamanten.*

Sie stürzte nach vorn und griff nach dem Koffer.

Eine starke Hand umklammerte ihr Handgelenk,

und sie zog eine Grimasse. Sie konnte fast spüren, wie ihre zarten Knochen gegeneinander knirschten.

Der Mann schubste sie, und sie gerieten beide ins Taumeln. Sie versuchte, den Koffer näher heranzuziehen, aber er zerrte ihn zurück, und der Schmerz in ihrem Handgelenk flammte auf.

„Du wirst die auf keinen Fall stehlen!", knurrte sie.

„Das habe ich bereits." Er hatte einen starken Südstaatenakzent.

Der Söldner schubste sie noch härter, und sie wirbelten wie Tänzer herum. Ihre Hüfte traf hart gegen das Geländer.

„Wo ist der *Sammler*?", fragte sie.

„Er wartet darauf, dass ich ihm die hier bringe."

Sie weigerte sich, den Koffer loszulassen und sie drehten sich in einem weiteren, schwerfälligen Kreis. Angepisst schubste Darcy den Typen erneut, der auf einen Stuhl sprang, um sich aus ihrer Reichweite zu bewegen.

„Darcy." Alastair stürzte nach vorn, packte ihr Kleid mit einer Hand und riss sie zurück. Ihre Finger rutschten vom Koffer ab.

Als sie den Kopf hob, sah sie, wie der Mann von der Seidenstraße eine Waffe zückte. Er richtete sie direkt auf Alastair.

Ihre Brust verkrampfte sich.

Der Mann schoss.

„Nein!", schrie Darcy. Sie sah, wie Alastair zurücktaumelte und zu Boden fiel.

Wut schoss durch sie hindurch, und vor ihren Augen färbte sich alles rot vor Zorn. Die Seidenstraße hatte schon zu viele Leben genommen. Sie hatten Alastairs Mutter ermordet, und sie würde auf keinen Fall zulassen, dass diese Typen ihn ebenfalls umbrachten.

Ohne nachzudenken, warf sie sich mit ihrem ganzen Gewicht gegen den Wichser.

Er kippte nach hinten und schlug gegen das Geländer.

Langsam richtete er seine Augen auf Darcy, und der Ausdruck in seinen Augen wurde schwächer. „Springen. Wir müssen springen."

Ihr Puls raste. „Was?" Seine Stimme hatte jeden Akzent verloren und klang monoton.

Er ließ sich rückwärts über das Geländer fallen.

O scheiße. Darcy lehnte sich vor und streckte ihre Hand nach den Diamanten aus.

Der Mann packte ihr Kleid. *Mist.* Mit einem kurzen Ruck riss er sie mit sich über das Geländer.

Schock durchströmte sie.

„Darcy!", rief Alastair.

Doch sie fiel bereits vom Zwischengeschoss. Der Kerl ließ sie los und streckte seine Arme über den Kopf, als würde er einen Kopfsprung in einen Pool machen.

Sie streckte ihre Hände aus. Als ihre Finger einen Fetzen Stoff berührten, packte sie diesen mit beiden Händen.

Es war eines der Banner, die die Ausstellung ankündigten. Sie zerrte daran und packte es mit aller Kraft. Ihr Gewicht ließ es seitlich vom Zwischengeschoss schwingen.

Verdammt. Sie flog durch die Luft, hielt sich fest und rutschte den seidigen Stoff hinunter.

In der nächsten Sekunde schlugen ihre Fersen auf dem Fliesenboden auf und sie ging in die Knie. Sie fiel nicht einmal um. Sie stand einfach da, und ihr Herz hämmerte wie ein wildgewordener Trommelschlag.

O Gott! Sie hatte es geschafft. Sie war nicht mit tausend gebrochenen Knochen auf den Fliesen zerschmettert.

Darcy sah sich um, und ihr Blick fiel auf den Mann von der Seidenstraße. Ihr Magen verkrampfte sich und Übelkeit stieg in ihrer Kehle auf. Der Mistkerl hatte nicht so viel Glück gehabt.

Dank der Notbeleuchtung konnte sie sehen, dass er flach auf dem Rücken lag und seine Gliedmaßen in einem unnatürlichen Winkel verdreht waren. Sie atmete tief ein und versuchte, sich nicht zu übergeben.

Urplötzlich tauchte ein Schatten auf. Der Neuankömmling beugte sich über den Toten und schnappte sich den Koffer mit den Diamanten aus der Tasche des Mannes. Sein blondes Haar glänzte, als er sich umdrehte und davonlief.

Scheiße. „Hey!"

KAPITEL ELF

A lastair ignorierte seine schmerzhaft brennende Schulter und stürzte die Treppe hinunter.

Darcy war vom verdammten Zwischengeschoss gefallen. Sein Herz schlug ihm bis zum Hals. Angst durchströmte ihn und ließ seinen Mund trocken werden.

„Burke."

Declan stand im Schatten am Fuß der Treppe, doch der Agent rannte an ihm vorbei. Er musste zu Darcy gelangen.

In diesem Moment ging das Licht an.

Überall standen die Gäste auf, blinzelten und klammerten sich aneinander.

Doch sein Blick galt nur Darcy.

Der Atem entwich seinen Lungen und ihm wurde schwindelig. Sie stand in ihrem wunderschönen Kleid einfach da. Es war ein wenig zerknittert, aber ihr ging es gut.

Sie lag nicht zerschmettert auf dem Boden, wie er es sich im Geiste vorgestellt hatte. Der Wichser der Seidenstraße hinter ihr hatte allerdings nicht so viel Glück gehabt.

Ihr Blick fiel auf sein zerrissenes Hemd und seine Schulter. „Gehts dir gut? Der Arsch hat auf dich geschossen!"

„Das war nur ein Streifschuss."

Sie atmete aus und lächelte. „Du hättest meine Landung *sehen* sollen." Dabei deutete sie auf das Banner, das auf dem Boden lag, und er erkannte, dass sie es wohl genutzt hatte, um ihren Sturz aufzuhalten.

„Alastair." Thom erschien mit gezogener Waffe aus der Menge.

Aber er ignorierte ihn und schritt zu Darcy. Scheiße. *Scheiße*. Als er näher kam, wurden ihre Augen größer.

Er zog sie in seine Arme, legte sie zurück und presste seinen Mund auf ihren.

Einen Augenblick war sie wie erstarrt, bevor ihre Hände seine Schultern packten und sie seinen Kuss erwiderte.

Etwas, das mehr war als reines Verlangen, pulsierte in ihm. Sein Bedürfnis nach ihr war größer als Sex oder Anziehungskraft. Er wusste nicht, wie lange er sie küsste und ihre Wärme und Lebendigkeit in sich aufnahm, doch plötzlich hörte er, wie sich jemand räusperte.

Unwillig hob er den Kopf. Seine Augen fielen auf ihr gerötetes Gesicht und ihre geschwollenen Lippen, bevor er aufsah. Nicht nur ein, sondern zwei wütende Brüder bedachten ihn mit zornerfüllten Blicken.

Großartig. Offen gesagt war das Alastair scheißegal. Darcy war am Leben. Das war alles, was ihn interessierte.

Die Wards standen hinter ihren Söhnen. Olivers Gesicht war ausdruckslos, doch Persephone grinste.

„Nun, die Party war *viel* interessanter, als ich erwartet hatte", erklärte die Schatzjägerin.

Agenten und Sicherheitskräfte wuselten umher. In der Nähe brüllte Thom Befehle, während sie die letzten Mitglieder der Seidenstraße verhafteten. Andere halfen den Gästen und führten die Sanitäter und Polizisten herein.

Alastair zog Darcy eng an sich. „Thom. Bericht?"

„Glücklicherweise keine Toten", antwortete sein Partner. „Nur ein paar Verletzte."

„Was ist mit den Diamanten?"

„Jemand hat sie aus seinen Händen geschnappt." Darcy nickte zu dem toten Mann auf dem Boden, ohne ihn anzusehen. „Es war wirklich merkwürdig, aber er wollte ... springen."

Alastair scherte sich einen Dreck um den Mann, der sie über das Geländer gezerrt hatte. „Hast du die Person gesehen, die die Diamanten mitgenommen hat?"

„Ich konnte den Kerl nicht gut sehen, aber er hatte blondes Haar. Er ist weggerannt." Sie hielt ihr Mini-Tablet hoch. „Die Peilsender sind noch aktiv."

„Reden wir in der Sicherheitszentrale weiter", schlug Alastair vor.

Dec trat vor ihn. „Wir werden erst noch ein Gespräch führen." Die Augen des Mannes glitten zu seiner Schwester und dann zurück zum FBI-Agenten. Neben ihm verschränkte Cal die Arme vor der Brust.

„Hallo?", fragte Darcy. „Wir müssen uns um gestohlene, wertvolle Diamanten und Schwarzmarkt-Bösewichte kümmern." Sie warf ihren Brüdern einen bösen Blick zu, bevor sie sich an Alastair wandte. „Tut mir leid wegen der Diamanten, Alastair."

„Muss es nicht. Das war von Anfang an der Plan."

Sie spannte sich an und legte langsam den Kopf schief. „Wie bitte?"

„Ich will den *Sammler* schnappen. Um das zu schaffen, muss er sich aus seinem Versteck bewegen."

Dec nickte. „Und der einzige Weg, das zu erreichen, war zuzulassen, dass sie die Diamanten mitnehmen."

Darcy stemmte die Hände in die Hüften. „Du *wolltest*, dass die Seidenstraße die Diamanten stiehlt?"

Alastair nickte. „Und sie zum *Sammler* bringt."

Blitzschnell setzte sie sich in Bewegung, stieß ihre Hände gegen seine Brust und schubste ihn. „Warum hast du mir das nicht gesagt?", rief sie.

„Ich konnte keine undichten Stellen riskieren –"

Sie zischte: „Ich habe unendlich viel Zeit in dieses Projekt investiert! Hast du echt geglaubt, ich würde darüber plappern?"

Sanft nahm er ihre Handgelenke. „Nein. Ich habe es niemandem erzählt."

„Mir auch nicht", fügte ein böse dreinblickender Thom hinzu.

Darcy wedelte mit ihrem Finger in Richtung Alastair. „Du und ich werden über diese Angewohnheit, Geheimnisse für dich zu behalten, ein Wörtchen wechseln müssen."

„Kommt, gehen wir in die Sicherheitszentrale", schlug Thom vor.

„Sofort." Alastair zog Darcy zu sich. „Erst will ich, dass sich die Sanitäter Darcy ansehen."

Ihr Blick fiel auf seine Schulter. „Ich bin nicht diejenige, die blutet."

„Nur eine Fleischwunde. Du bist von einem Balkon gefallen." Er schaffte es, seine Stimme vergleichsweise ruhig zu halten. „Du wirst dich untersuchen lassen."

Ihre Augen blitzten auf. „Versuch das noch einmal, Agent Burke."

Er lehnte sich vor. „Darcy, würdest du dich bitte von den Sanitätern untersuchen lassen? Diese Seidenstraßen-Mistkerle haben einen Druckpunkt an deinem Hals getroffen, und du hast das Bewusstsein verloren, bevor dich einer von ihnen vom Zwischengeschoss gezerrt und mir damit wahrscheinlich ein Jahrzehnt meines Lebens gestohlen hat."

Ringsherum verfolgten die Leute ihre Unterhaltung. Decs und Cals Gesichtsausdruck hatte sich noch mehr verfinstert.

„Darcy, Liebling." Der Tonfall ihres Vaters klang völlig unbeeindruckt, als ob so etwas ständig geschehen würde. „Bitte mach, was er sagt."

„Ja bitte, Süße", fügte Persephone hinzu. „Dein heißer Freund hat sehr freundlich darum gebeten."

„Es war ganz okay." Darcy warf den Kopf zurück, und ihr glänzendes Haar schwang umher. „Na gut."

Alastair lächelte sie an. Endlich hatte er seinen Willen bekommen.

SIE SASSEN alle zusammengepfercht in der Dashwood-Sicherheitszentrale und starrten auf die großen Bildschirme an der Wand.

Die Sanitäter hatten Darcy ein einwandfreies Gesundheitszeugnis ausgestellt, und sie hatte verlangt, dass sie die Fleischwunde an Alastairs Schulter säuberten und die Stelle untersuchten, an der er danach noch mit dem Messer angegriffen worden war. Glücklicherweise hatte die Waffe zwar sein Hemd aufgeschlitzt, aber seine Haut nicht erreicht.

Der in Panik geratene Museumsdirektor stand in der Nähe und sah ziemlich mitgenommen aus. Thom hatte Alastairs Handy und Glock sowie Darcys Tablet von den inzwischen verhafteten Schlägern der Seidenstraße zurückerhalten.

„Die Diamanten bewegen sich nicht mehr", meinte Thom.

Darcy lehnte sich vor. Alastair stand direkt hinter ihr – ein überlebensgroßer, persönlicher Leibwächter.

„Der Adana-Tower", knurrte er.

Thom stieß einen Pfiff aus. „Elegant. Exklusive Wohnungen für die Reichen und Superreichen."

„Welches Stockwerk?", fragte Alastair.

„Penthouse."

„Besitzer?"

Darcy tippte auf ihr Tablet und ließ eine Suche laufen. „Ein Unternehmen namens Elettaria, Inc."

„Ich habe diese Firma nicht auf der langen Liste der Scheinfirmen der Seidenstraße gesehen. Mach sie ausfindig und bestätige, dass dieses Gesindel dahintersteckt. Ich will einen Namen." Alastair schenkte Thom einen kurzen Blick. „Hol einen Richter aus dem Bett. Wir brauchen einen Durchsuchungsbeschluss."

Sein Partner nickte. „Das wird aber dauern. Es ist Mitternacht. Bis einer aufgestanden ist und alles zusammengeschrieben hat –"

„Mach es einfach."

„Ich glaube nicht, dass wir vor morgen früh einen Beschluss bekommen. Du weißt doch, dass diese griesgrämigen Richter sich nicht wirklich für gestohlene Antiquitäten interessieren."

„Die Seidenstraße besteht auch aus Mördern, nicht nur aus Dieben."

„Schon dabei", meinte Thom.

Darcy hob die Augenbrauen und starrte auf das Bild des Adana-Towers. Sie wollte sofort dorthin. Der *Sammler* war dort. Das wussten sie alle.

„Alle Eingänge und Ausgänge des Towers müssen überwacht werden", befahl Alastair. „Und schick ein Team ins Gebäude gegenüber. Ich verlange eine vollständige Überwachung."

Thom nickte erneut.

„Mein Team wird vor Ort mit euren Leuten zusammenarbeiten", erklärte Dec.

Alastair nickte und starrte auf den Bildschirm. „Darcy, stell sicher, dass die Teams auf die Peilsender zugreifen können."

Sie nickte. „Schon geschehen. Was jetzt?"

„Jetzt gönnst du dir eine Mütze Schlaf", antwortete er.

Die Frau gab ein schnaubendes Geräusch von sich. „Auf keinen Fall kann ich jetzt schlafen."

„Wenn du dabei helfen willst, sie auszulöschen, dann brauchst du ein wenig Ruhe." Er sah sich um. „Jeder von uns. Ein ausgeschlafenes Team soll die Nachtschicht übernehmen, und alle anderen ruhen sich aus, damit wir sofort reingehen können, wenn wir den Durchsuchungs-beschluss haben."

Als sich alle von dannen machten, kreuzte Darcy die Arme vor der Brust. „Du ruhst dich auch aus, oder?"

„Ich muss nach dem Team vor Ort sehen –"

Trotzig reckte sie ihr Kinn. „Dann komme ich auch mit. Ich schlafe, wenn du schläfst."

Seine Augen blitzten auf und er hob entnervt den Blick an die Decke, bevor er wieder sie ansah. „Bitte."

„Das ist ein Moment, in dem das ein Befehl ist, Alastair."

Natürlich fiel ihr auf, dass er die Zähne zusammen-biss. Seine Augen wanderten ihren Körper entlang, und sein Gesichtsausdruck wurde ein wenig weicher. „Deal."

Hm, ausnahmsweise hatte sie gewonnen. Aber als sie ihn beobachtete, flammte die Hitze in ihr wieder auf. Sie hatte das Gefühl, dass er nicht daran dachte, sich wirk-lich auszuruhen.

Darcy sagte ihrer Familie gute Nacht und umarmte ihre Eltern und Schwägerinnen. Ihren herrischen Brüdern schenkte sie einen finsteren Blick.

Auf der Fahrt zu seiner Wohnung war Alastair ruhig, außer dass er einige Anrufe entgegennahm, die ihn über die Zusammensetzung der Teams am Adana-Tower informierten. Als sie in seiner Wohnung angekommen waren, schlenderte sie durch das Wohnzimmer und war mehr als bereit, ihre Absätze abzuschütteln.

Er schaltete das Licht ein. „Darcy."

Es war nur ein Wort, aber der Klang löste einen Schauer in ihr aus und entzündete all ihre Nerven. Sie drehte sich um.

Sein eindringlicher Blick lag auf ihr und wanderte über ihren Körper. Sie zitterte, als sich seine Augen mit Leidenschaft und Hunger füllten.

„Du hast dich heute Nacht in Gefahr gebracht", meinte er mit leiser Stimme.

Gänsehaut bildete sich auf ihrer Haut. „Und jemand hat auf dich geschossen und wollte dich mit einem Messer abstechen."

„Jemand hat dich vom verdammten Zwischenge-schoss geworfen." Alastair stakste auf sie zu und streifte seine Smokingjacke ab, die er beiseite warf.

Darcy wich zurück, während Erregung durch ihre Adern floss. Eigentlich wollte sie es nicht zugeben, aber sie war auch ein wenig nervös. Dieser Mann war so intensiv.

Ihre Knie trafen die Couch, und sie setzte sich auto-matisch hin.

Alastair stand vor ihr und lehnte sich über sie.

„Du riskierst dein Leben nicht noch mal. *Niemals*."

Ihre Brust hob und senkte sich rasend schnell. Sie rutschte herum. Gott, sie war so angeturnt. Dieser herri-sche, arrogante Tonfall trieb sie in den Wahnsinn.

„Ich bin nicht gut darin, Befehlen zu folgen. Das weißt du doch", murmelte sie.

„Ja."

Ihre Augen flogen über seinen Körper und betrachteten

das harte, raue Gesicht und das zerrissene, blutverschmierte Hemd. Gott, er war umwerfend. Als ihre Augen seine Hüften erreichten, konnte sie eine große Beule erkennen. Die Lust in ihr wurde zu einem brennenden Verlangen.

Sie sah auf und erkannte, dass er sie beobachtete. „Wirst du mich zwingen, deine Befehle zu befolgen?"

Er gab einen schroffen Laut von sich, und ihr Blick wanderte wieder nach unten. Die Wölbung hinter seinem Reißverschluss wurde immer deutlicher. Er war hart für sie.

Alastairs grüne Augen blitzten heiß. „Darcy." Seine Stimme war tief, grollend und mit einem dunklen Versprechen erfüllt.

Darcy streckte ihre Hand nach ihm aus. Sie nahm sich eine Sekunde Zeit, seinen Gürtel und die Knöpfe zu öffnen, bevor sie den Reißverschluss herunterzog. Dabei konnte sie sehen, wie sich seine Beinmuskeln unter seiner Hose anspannten.

Ihr Puls hämmerte in ihren Ohren, als sie seinen Schwanz befreite. *O Gott.* Er war wunderschön. Dick, lang und hart. Sie legte ihre Finger um ihn.

„Gefällt dir das?", fragte er heiser.

„Ja." Mit ihren Fingern streichelte sie seinen harten Schwanz.

„Willst du meinen Schwanz, Darcy?"

„Ja."

„Dann beweise es mir."

Mit einem Stöhnen beugte sie sich vor und leckte über die geschwollene Eichel. Sein Moschusgeschmack erfüllte sie, und sie stöhnte erneut auf.

Er ächzte, und seine Hüften bewegten sich nach vorn.

Darcy öffnete ihren Mund und nahm ihn auf. Ein tiefes Stöhnen entfuhr ihm, während sich seine Hüften nach vorn bewegten. Dann fuhr er mit einer Hand in ihr Haar und schob ihr so mehr von seinem Schwanz in den Mund.

„Verdammt. Das habe ich mir schon viel zu oft vorgestellt."

Sie sah auf und bemerkte, dass seine Augen auf die Stelle gerichtet waren, wo ihr Mund ihn umschlang. Erneut stöhnte sie, und das Verlangen setzte ihren Körper in Flammen. Sie saugte an ihm und genoss das Wissen, dass sie diesen beherrschten Mann verrückt machen konnte.

„Ich habe mir vorgestellt, dich auf deinen Schreibtisch zu legen", fuhr er fort, „und meinen Mund zwischen deinen Beinen zu vergraben."

Sie rutschte auf der Couch umher, während es zwischen ihren Schenkeln pochte. Sie sehnte sich nach ihm. Schnell schob sie ihr Kleid hoch, um ihren Schmerz zu lindern.

„Nein." Er zog sich aus ihrem Mund. „Du wirst jetzt noch nicht kommen. Du wirst erst dann bekommen, was du willst, wenn du gelernt hast, Befehlen zu gehorchen."

Alastair zog sie auf die Beine und lehnte sich vor. Seine Lippen streiften ihre. „Wirst du tun, was ich dir sage, Baby?"

„Nein." Die Erregung in ihren Adern schwoll an wie die süßeste Droge. Mit diesem Mann zu diskutieren, turnte sie an wie sonst nichts auf der Welt.

Der FBI-Agent beugte sich vor, hob sie hoch und warf sie über seine Schulter. Seine Handfläche schlug auf ihren Arsch.

Während sie keuchte, trug er sie ins Schlafzimmer, und ihre ganze Welt geriet ins Taumeln, als er sie auf das Bett fallen ließ. Die Nachttischlampe ging an und er stand über ihr – groß und imposant. Er streifte sein Schulterholster ab und ließ es auf einen Stuhl fallen. Danach begann er, sein Hemd mit langsamen, methodischen Bewegungen aufzuknöpfen.

Darcy leckte sich über die Lippen. Bei jedem Knopf, den er öffnete und der mehr von seiner gebräunten Haut entblößte, stockte ihr der Atem. Endlich war das Hemd offen, und er schlüpfte hinaus.

O Mann. Sie saugte die harte Brust, die definierten Bauchmuskeln und die winzigen dunklen Haare auf seinen Brustmuskeln in sich auf. Sie wollte ihn lecken – jeden Zentimeter, jede Vertiefung, jede glatte Muskellinie.

„Zieh das Kleid aus", befahl er.

Die dunkle Stimme voller Autorität ließ sie erschaudern. „Nein."

Er lehnte sich vor und packte ihr Kinn mit seinen Fingern. Sein Daumen strich über ihre Lippen. „Du bist so verdammt widerspenstig."

Dann wanderten seine Hände nach unten. Er griff in den Ausschnitt ihres Kleides und zog es tiefer. Ihre Schultern waren bereits entblößt, und als der Stoff nach unten rutschte, kamen ihre Nippel zum Vorschein. Der Satin verfing sich an ihnen, und sie wurde sich schmerzlich bewusst, dass sie keinen BH trug. Dafür war das Kleid einfach nicht gemacht. Er zerrte kräftig daran.

Der Stoff legte sich um ihre Taille und enthüllte ihre Brüste.

Sein Blick war auf sie gerichtet und er gab ein hungriges Geräusch von sich. Sie spürte, wie ihre Nippel kribbelten.

Alastair stützte ein Knie auf das Bett, beugte sich vor und schloss seine Lippen um eine Brustwarze. Er saugte hart, und sie schrie auf.

Darcy drückte ihre Brust in seinen Mund und wehrte sich nicht mehr. *O Gott.* Das war so gut.

Er wechselte zur anderen Brust, schob eine Hand unter sie und führte sie zu seinem geschäftigen Mund. Darcy griff mit ihren Händen in sein Haar und zerrte kräftig daran. Das Verlangen brannte wie ein Feuer in ihrem Bauch, während ihr Höschen immer feuchter wurde.

Der Mann vor ihr knabberte an der Rundung ihrer Titten. „Zieh das Kleid aus.“

„Bring mich doch dazu.“ Irgendwie erkannte sie ihre heisere Stimme kaum wieder.

Alastair zog sich zurück und streckte seine Hände nach ihren Knöcheln aus. Seine Hand umkreiste sie, bevor sie nach oben wanderte. Erst über ihre Schenkel und ihre Knie, dann noch höher. Seine Finger fuhren über ihre Oberschenkel und schoben das Kleid weiter nach oben.

Ihre Augen trafen sich und sie sah das brennende Verlangen in seinen Augen, das sich in seinem rauen Gesicht widerspiegelte. Irgendwie fühlte sich ihre Brust ziemlich eng an. Sie konnte nicht atmen, und ihr war verdammt heiß.

Langsam zog er ihr Kleid noch höher und entblößte ihre Oberschenkel.

„Wirst du jetzt tun, was ich sage?", knurrte er.

„Warum sollte ich?" Ihr Widerstand brach. Sie wollte mehr als alles andere, dass er sie berührte.

„Nun, wenn du es tust, werde ich dich so hart ficken, dass deine Stimme heiser davon sein wird, wie laut du meinen Namen geschrien hast, als du gekommen bist."

Ihr Bauch krampfte sich zusammen. Nie im Leben hätte sie gedacht, dass Alastair Burke im Bett schmutzige Dinge sagen würde, doch es erregte sie unendlich. Sie hob ihre Hüften an, und er lächelte. Die Vorfreude stieg. Er versenkte seine Hände in dem Kleid und zog es ihr die Beine hinunter.

Sie lehnte sich auf dem Bett zurück. Darcy trug nur ein winziges schwarzes Spitzenhöschen, das mehr verriet, als es bedeckte.

Sein Blick wanderte über sie. „Du bist so verdammt schön, Darcy Aphrodite Ward."

Zum ersten Mal in ihrem Leben fand sie, dass ihr voller Name melodisch klang.

Sein Kopf senkte sich, und er drückte ihr einen leidenschaftlichen Kuss auf die Lippen, wobei seine Zunge gegen ihre stieß. Dann löste sich sein Mund von ihren Lippen, weil er weiter nach unten wanderte – zu ihrem Hals, zwischen ihre Brüste und über ihren Bauch. Seine Bartstoppeln kratzten an ihrer Haut, und sie konnte die erschrockenen kleinen Schreie, die ihren Lippen entwichen, nicht unterdrücken.

Schließlich drückte er ihr einen Kuss auf den Hüftknochen und sie erbebte.

„Willst du meinen Mund, Baby?"

„Ja. Ja."

„Meine Zunge?"

Ein köstliches Ziehen regte sich zwischen ihren Schenkeln. „Alastair."

„Verdammt, ich liebe es, wie du meinen Namen sagst." Er packte ihre Hüfte und drehte sie auf ihren Bauch.

Nein. „Alastair, ich –"

Schnell verpasste er ihrem Hintern einen Klaps. „Du wirst nehmen, was ich dir gebe, Darcy. Alles." Seine Hände begannen, sie zu streicheln und ihren Arsch zu massieren.

Sie stieß einen leisen Seufzer aus.

„Ich dachte heute Nacht, ich hätte dich verloren. Als du über das Geländer gefallen bist ..."

Seine Stimme brach, und sie drückte sich gegen ihn. „Ich bin hier, Liebling. Und ich gehöre ganz dir."

„Ja, das stimmt." Er packte ihre Taille und schob sie näher zum Kopfende des Bettes. „Halte dich am Kopfteil fest, Darcy. Lass nicht los."

Er hob sie auf Hände und Füße und sie folgte seinen Befehlen eifrig, während die Schmetterlinge in ihrem Bauch flatterten. Sie krallte ihre Finger um das hölzerne Kopfteil.

„Scheiße, du bist umwerfend." Seine Hände glitten unter die Seide und streichelten sie.

Verzweifelt presste sie sich gegen ihn, während seine

Finger durch ihre feuchten Schamlippen glitten, und die Erregung brodelte in ihr. „Bitte."

Mit einer schnellen Handbewegung riss er ihr Höschen herunter. „Ich bin so hart, Darcy, und das ist allein deine Schuld." Erneut streichelte er ihre Pussy. „Spreiz die Beine."

Sofort tat sie es, ohne auch nur daran zu denken, ihm zu widersprechen. Niemand hatte sie je zuvor so sehr gewollt. So verzehrend und verzweifelt. Niemand hatte sie je so sehr begehrt wie Alastair.

„Und jetzt befolge meine Befehle." Er drang mit einem Finger in sie ein.

Ihre Hände klammerten sich um das Kopfteil. *Ja.*

„So verdammt eng. Du wartest nur auf meinen Schwanz."

Alastairs direkte Worte turnten sie noch mehr an. Nie zuvor hatte sie ein solches Verlangen empfunden – so heiß, so wahnsinnig. Vielleicht würde sie das nicht überleben.

Ein zweiter Finger gesellte sich zu dem ersten. „Das gehört mir, nicht wahr?"

Ein dritter Finger dehnte sie. Sie stöhnte.

„Es gehört mir schon eine Weile."

„Alastair." Sie drückte sich noch näher an ihn. „Mehr. Ich brauche –"

„Ich weiß, was du willst."

Plötzlich spürte sie seinen heißen Atem auf ihren Oberschenkeln. Er presste ihre Beine weiter auseinander, und sein Mund bedeckte ihre Pussy.

Darcy schrie auf. Alastair Burkes Mund lag zwischen

ihren Beinen. Seine Zunge streichelte sie, und ihr ganzer Körper zitterte. *Gott. O Gott.*

Jetzt war seine Zunge in ihr und leckte sie. Sie versuchte, die Geräusche aufzuhalten, die aus ihrer Kehle entflohen, aber sein talentierter Mund fand ihren Kitzler.

Ihre Schreie wurden laut und verzweifelt, während ihr Körper zitterte. „Alastair."

„Komm, Darcy", knurrte er.

Ihr Orgasmus traf sie hart, und ihre Sicht verschwamm. Wellen von Verlangen durchströmten sie, und es war ihr gänzlich egal, ob jemand hörte, wie sie Alastairs Namen rief.

KAPITEL ZWÖLF

Alastairs Kiefer verkrampfte sich, weil er die Zähne so fest aufeinander biss. Sein Verlangen nach Darcy war riesig und überwältigte jeden Nerv in seinem Körper.

Er spürte, wie sich die Empfindungen tief in seinem Körper ausbreiteten, und sein Schwanz schmerzte vor Verlangen. Noch nie hatte er etwas so sehr gewollt wie das. Nie zuvor hatte er jemanden so sehr gebraucht wie Darcy.

Ihre Hände hielten sich locker am Kopfteil des Bettes fest. Der nackte, sexy Körper seiner Frau wirkte erschöpft, und eine leichte Röte zierte ihre Haut. Verdammt, dieser Arsch. Ihr köstlicher Geschmack lag immer noch auf seiner Zunge.

Er streckte seine Hände zum Nachttisch aus und nahm ein Kondom, das er mit seinen Zähnen aufriss, bevor er es schnell über seinen Schwanz zog. Danach packte er Darcys Taille, zog sie hoch und drehte sie zu ihm. Alastair wollte ihr hübsches Gesicht sehen, wenn er in sie eindrang.

Ihre Augenlider flatterten. Sie war so verdammt umwerfend.

Während sie beide auf den Knien saßen, sahen sie einander an. Der FBI-Agent wusste, dass diese Frau ihn schon vor langer Zeit in ihren Bann gezogen hatte. Er hatte versucht, sich dagegen zu wehren, aber jede Interaktion hatte sie noch stärker mit ihm verbunden.

Alastair wanderte mit seiner Hand zwischen ihre schlanken Oberschenkel und streichelte sie. Sie stieß einen sehnsüchtigen Seufzer aus. In diesem Moment drang er mit einem Finger in sie ein. „Die gehört mir. Mir."

Die Frau vor ihm biss sich auf die Lippen.

„Darcy, sag es mir."

„Ja, sie gehört dir, Alastair. Jetzt fick mich bitte endlich."

Er umfasste ihre Taille und hob sie hoch, was sie zum Keuchen brachte. Es war eindeutig, dass es ihr gefiel, wie leicht er sie hochheben konnte.

Alastair drückte sie mit dem Rücken gegen das Kopfteil und griff mit einer Hand nach seinem Schwanz, den er zwischen ihre feuchten Schamlippen führte.

„Sieh mich an", knurrte er.

Blau-graue Augen trafen seine, und er rammte seinen Schwanz in sie.

Sie stieß einen Schrei aus.

Verdammt noch mal. Herrgott. Ihre Pussy fühlte sich so gut an. Heiß, feucht und eng. Schnell krallte sie ihre Finger in seine Schultern und ihr Kopf fiel zurück.

„O ja." Sie schlang ihre Beine um ihn.

Als er sie hochhob, ließ sie sich auf ihn hinabsinken und stöhnte animalisch.

„Du fühlst dich so gut an, Darcy." Er drang weiter tief in sie ein.

„Alastair –"

„Ich liebe es, tief in deiner süßen Pussy vergraben zu sein."

Sie packte seine Schultern und glitt auf und ab, ritt seinen Schwanz und kam jedem seiner drängenden Stöße entgegen.

„Darcy", grunzte er, während das Verlangen in ihm weiter anschwoll. Er streckte seine Hand aus und strich ihr Haar zurück, damit sie in seine Augen blickte. „Sieh mich an, wenn du kommst."

„Okay." Ihre Nägel gruben sich in seine Haut und ihre Fersen in seinen Arsch.

„Ich kann spüren, wie du um mich herum zitterst."

Darcy stieß einen weiteren Schrei aus, ihr Kopf fiel zurück und ihr Orgasmus erfasste sie.

Alastair rammte in sie, vergrub seinen Schwanz tief in ihr und hielt inne. Er zog sie näher an sich heran und versenkte seine Zähne in ihren Hals, in der Nähe ihrer Schulter. Erneut schrie sie, und sein Orgasmus riss ihn von den Füßen. Ein tiefes Stöhnen entwich seiner Kehle.

Mit bebender Brust kniete er einfach da, während die Gefühle der Lust ihn durchströmten. Darcy senkte ihre Stirn gegen seine, während ihre Arme und Beine immer noch um ihn geschlungen waren.

„Alles okay?" Seine Stimme war heiser.

„Besser als okay." Sie hob den Kopf und lächelte. Ihre Wangen waren feuerrot. „Das war *unglaublich*."

Wärme erfüllte seine Brust. Nachdem er sie auf das Bett zurückgelegt hatte, küsste er sie und knabberte an ihrer Unterlippe.

Ihre Wimpern flatterten. „Wir könnten einander umbringen, wenn wir jedes Mal so miteinander schlafen, aber das wäre eine fantastische Art zu sterben."

Alastair rutschte nach unten und strich mit seinen Zähnen an ihrem Kiefer entlang, ihren Hals hinunter und über ihr Schlüsselbein. Er ließ es langsam angehen, während er sie genoss. Sie streckte sich unter ihm und gab ein Geräusch von sich, das fast wie ein Schnurren klang.

Darcy Ward lag in seinem Bett, feucht von seinem Schwanz, und sie war einfach perfekt.

Er entdeckte den blauen Fleck, der sich an der Stelle gebildet hatte, an der er sie gebissen hatte, und drückte einen Kuss darauf. Das war sein Mal. Sie sah mit großen Augen zu ihm auf.

Verdammt! Darcy war mehr als nur eine Ablenkung, sie nahm sein Leben in Beschlag. Er spürte einen Druck in seiner Brust.

„Ich habe Hunger", murmelte sie.

„Ich werde dir etwas zu essen besorgen, damit du genug Energie hast, dass ich dich noch einmal vögeln kann."

Als er sich vom Bett erhob, stützte sich Darcy auf ihre Ellbogen. Sie machte sich keine Mühe, die Tatsache zu verbergen, dass sie seinen nackten Körper begutachtete. Nach einem kurzen Abstecher ins Bad, um das

Kondom zu entsorgen, machte er sich auf den Weg in die Küche.

Nachdem er sein Handy überprüft hatte – keine Nachrichten oder Updates – durchwühlte er seinen Küchenschrank und Kühlschrank und nahm ein paar Cracker und Käse mit. Als er in sein Schlafzimmer zurückkam, war Darcy in ein Laken gewickelt. Er stellte den Teller auf dem Bett ab.

Sie lächelte. „Du solltest immer nackt herumlaufen." Ihre Nase war leicht gekräuselt. „Obwohl du natürlich auch verdammt gut in einem Anzug aussiehst."

„Wirklich?"

„Vielleicht hatte ich in der Vergangenheit ein paar unanständige Gedanken darüber, wie gut dir dein Anzug steht. Vielleicht aber auch nicht." Sie nahm sich ein Stück Käse und knabberte daran.

Darcy lag in seinen Laken. Ein Gefühl der tiefen Zufriedenheit erfüllte ihn.

Plötzlich änderte sich ihr Gesichtsausdruck. „Ich frage mich, was der *Sammler* gerade macht?", meinte sie leise.

„Er sollte seine letzte Nacht in Freiheit besser genießen."

Einen Moment lang war sie still. „Ich verstehe jetzt, dass das Ausschalten der Seidenstraße sehr persönlich für dich ist."

Er drehte den Kopf und sah zu dem gerahmten Foto von seiner Mutter und ihm. „Ja. Meine Mutter zu verlieren ... deswegen bin ich zum FBI gegangen und habe ein Team gegründet, das sich auf Kunst- und Antiquitätendiebstahl spezialisiert hat. Ich wollte Gerechtigkeit für sie."

„Ich habe immer geahnt, dass dich etwas Tieferes antreibt." Darcy streichelte seinen Arm. „Was ist mit dir geschehen, nachdem sie gestorben war?"

„Pflegefamilien. Mein Vater war nie Teil meines Lebens." Alastair kaute an einem Cracker. „Ich habe eine Weile gebraucht, um sesshaft zu werden. Jahrelang hatte ich furchtbare Albträume. Jede Nacht hörte ich ihre Schreie und erinnerte mich, dass ich zu hilflos war, um zu ihr zu gelangen."

Darcy packte seine Hand und drückte sie. „Du warst noch ein Kind. Es gab nichts, was du hättest tun können."

Er sah zu ihren schlanken, kompetenten Fingern. Tatsächlich hatte er noch nie zuvor mit einer Frau Händchen gehalten. „Meine Mutter hatte nichts und kam aus ärmlichen Verhältnissen. Sie war als Teenagerin aus einem schlechten Elternhaus weggelaufen. Aber sie hat hart gearbeitet. Sie war Kellnerin." Alastair lächelte bei der Erinnerung an das hübsche Gesicht seiner Mutter und die Zuneigung in ihren Augen. „Sie wollte, dass ich später einen Job habe, bei dem man einen Anzug tragen muss." Das hatte er vergessen. Er hatte so viele gute Erinnerungen vergessen, weil er sich allein auf seine Rache konzentriert hatte. „Sie dachte immer, Menschen in Anzügen hätten wichtige Jobs."

„Sie hat dich geliebt."

„Ja, das hat sie."

Darcy rutschte herum und kletterte auf seinen Schoß. Er legte einen Arm um sie und nahm ihre Wärme in sich auf.

„Ich wette, deine Mutter wäre wahnsinnig stolz auf dich, wenn sie sehen könnte, wie großartig du in einem Anzug aussiehst, Alastair." Sie senkte ihre Hand und drückte einen Kuss auf seine Schulter. „Und auch ziemlich gut ohne."

Er lachte bellend.

„Und sie wäre stolz auf den wichtigen Job, den du erledigst."

Während Darcy weiter an seiner Haut knabberte, sah er nach unten zu ihrem dunklen Scheitel. Erneut wuchs das Verlangen in ihm. „Was machst du da?"

Sie sah zu ihm auf und stieß ihn leicht an, sodass er auf seinen Rücken fiel und Darcy auf ihn klettern konnte.

„Dieses Mal werde ich dich ficken, Special Agent Burke."

„Wirklich?" Die Lust packte ihn.

„Erinnerst du dich an den Moment, in dem ich dir gesagt habe, dass du mir etwas schuldest, wenn ich diese unmöglich zu findenden, nicht aufspürbaren Peilsender für dich besorge?"

Er schmunzelte und sein Magen zog sich zusammen. „Ja."

„Zeit, deine Schuld zu begleichen." Sie lächelte. „Okay, wo sind deine Handschellen?"

DARCY RASTE ins Wohnzimmer und suchte nach ihren Schuhen. Der Sex am frühen Morgen hatte ihr ein unglaubliches Gefühl beschert, aber auch dafür gesorgt, dass sie spät dran war.

„Meine Schuhe?"

„Neben der Haustür."

Sie sah auf. Alastair stand in der Küche. Der Mann hatte ein frisches Hemd und eine neue Hose angezogen und sein Haar war nach der Dusche feucht. Erinnerungen an ihre gemeinsame Dusche überwältigten sie. Er hatte sie gegen die Fliesen gedrückt, ihr schmutzige Dinge ins Ohr geflüstert und ihr einen weiteren seelenerschütternden Orgasmus geschenkt.

Und genauso köstlich war die Erinnerung daran, wie er unter ihr ausgestreckt lag, mit den Händen an das Kopfteil gefesselt, die Muskeln angespannt, während sie ihn berührt hatte. *Mmm.*

Jetzt starrte sie ihn an. Er trug sein Schulterholster über dem Hemd und sah verdammt sexy aus. Ihr erschöpfter und gesättigter Körper reagierte trotz allem noch auf seinen Anblick.

„Du bist einfach verdammt heiß", erklärte sie.

Er warf ihr ein kleines Lächeln zu und rührte die Eier um, die er buk.

Gott, Darcy wusste, dass seine Mutter verdammt stolz auf ihn wäre. „Was kochst du da für mich?" Sie streifte die Schuhe an und ging zu ihm hinüber.

„Rührei." Schnell schob er einen Teller über die Kücheninsel zu ihr.

Darcy war plötzlich völlig ausgehungert, setzte sich hin und aß. Es war wirklich günstig, einen Mann zu daten, der kochen konnte. „Gibts etwas Neues wegen des Durchsuchungsbeschlusses?"

„Ich habe mit Thom gesprochen, während du im Bad warst. Er meinte, wir würden ihn bald bekommen."

Irgendetwas in seiner Stimme ließ sie aufhorchen, und sie hob den Kopf, um ihn anzusehen. Eine leichte Anspannung erfüllte ihn, sichtbar an seinen Schultern und seiner Körperhaltung.

Sie wusste, dass er in der Nacht und am Morgen mit dem Team vor Ort in Kontakt gewesen war. „Die Diamanten haben sich nicht bewegt, und niemand ist im Penthouse ein- oder ausgegangen."

„Korrekt."

Gott, sie hoffte, dass niemand die Diamanten in der Nacht abgeschliffen hatte. Der Louvre und das Dashwood wären mehr als verärgert.

„Und du denkst wirklich, dass der *Sammler* da sein wird?", fragte sie.

„Ja. Ich schätze, sie warten darauf, dass er heute ankommt."

Sie reckte ihr Kinn. „Wir werden sie uns schnappen."

Eindringliche grüne Augen trafen ihre. „O ja."

Sie beendeten ihr Frühstück und machten sich fertig. Darcy schminkte sich leicht die Lippen. Sie trug eine schwarze, taillierte Hose und ein weißes Hemd. Dazu legte sie einen breiten grünen Armreif an ihr Handgelenk. Nur weil sie internationale Schwarzmarkt-Diebe zur Strecke brachten, hieß das nicht, dass sie dabei nicht gut aussehen konnte.

Sie warf einen Blick auf Alastairs Handy. Es hatte noch nicht geklingelt.

Also begann sie, auf- und abzugehen. Die Minuten

verstrichen, aber niemand rief wegen des Durchsuchungsbeschlusses an.

„Warten ist scheiße."

Alastair klappte seinen Laptop auf und lehnte sich gegen die Theke, während er die Tasten drückte. „Wenn man für die Regierung arbeitet, lernt man schnell, ein wenig Geduld zu haben."

Sie rümpfte die Nase. „Mir ist Action lieber."

Er schnaubte. „Das ist mir aufgefallen. Und du liebst Koffein."

Sie lächelte ihn an. Er sah wirklich gut aus. Obwohl er offensichtlich nervös und alarmiert war, weil er auf den Durchsuchungsbeschluss wartete, zeigte sein Gesicht zum ersten Mal, seit sie ihn kannte, nicht die übliche harte Ausstrahlung. Tatsächlich wirkte er entspannt. Sie vermutete, dass der wilde und überirdische Sex das wohl bewirkt hatte.

„Warum lächelst du?" Er starrte ihr ins Gesicht.

„Oh, ich habe nur darüber nachgedacht, wie gut du im Bett bist."

Der FBI-Agent legte den Kopf schief.

Sie nahm seine Hand und rieb sich mit seinem Daumen über die Lippen. „Wie gut du mit deinen Händen und deinem Mund umgehen kannst. Wie beeindruckend deine ...", als er die Brauen hob, grinste sie, „Ausdauer ist."

Plötzlich stieß er sich von der Theke ab.

Seine grünen Augen strahlten intensiv. Aufregung erfüllte sie und sie wich zurück, bis ihr Rücken gegen die Couch stieß.

„Alastair –" Gott, dieser Ausdruck in seinen Augen ...

Er griff nach ihr, packte ihre Hüften und drehte sie um. Ihr Unterkörper schlug gegen die Couch.

In diesem Moment lehnte er sich vor, und seine Lippen neckten ihr Ohr. „Ich werde dich ficken, Darcy. Genau hier und jetzt."

Die ganze Luft entwich aus ihr. Er beugte sie über die Couch, während seine Finger den Reißverschluss ihrer Hose öffneten. Eine Sekunde später schob er sie zusammen mit ihrem Höschen nach unten.

Seine Finger wanderten zwischen ihre Beine und streichelten sie. Sie biss sich auf die Zunge, um sich ein Stöhnen zu verkneifen.

„Du bist ja schon feucht für mich, Ms. Ward. So unanständig."

„Ich bin immer bereit für dich." Sie ritt seine Hand und sehnte sich nach seiner Berührung.

„All die Male, in denen wir geredet, gestritten und uns gegenseitig herausgefordert haben ... warst du da auch feucht für mich?" Seine Finger drangen tief in sie ein.

Sie schrie auf und die Lust durchströmte sie.

„Antworte mir", knurrte er.

„Ja. Gott, ja."

Schließlich hörte sie das Geräusch eines sich öffnenden Reißverschlusses und das Knistern der Kondomverpackung, bevor er in sie stieß und sie ausfüllte.

Darcy stöhnte auf.

„Neige deine Hüften, Baby. Nimm mich ganz auf."

Sie tat, wie ihr befohlen, und er drang tief in sie ein. Darcy klammerte sich mit aller Kraft an die Couch und biss sich auf die Lippe. Die Lust schoss durch sie hindurch.

„Gott, Darcy –" Seine Stimme war nur noch ein Grollen.

Sie konnte hören, wie seine Kontrolle brach. Zu sehen, zu hören und zu spüren, wie Alastair Burke seine Beherrschung verlor, war ihr neues Lieblingsspiel.

„Mehr, Alastair. Hör nicht auf."

„Ich will niemals aufhören. Ich will für immer in dir bleiben."

Seine Hand glitt um ihr Kinn und neigte ihren Kopf zur Seite. Ihre Blicke trafen sich und sein Mund bedeckte den ihren – der Kuss war hart und fordernd wie die Art, mit der er ihren Körper eroberte.

Seine andere Hand glitt über ihren Bauch hinunter. Seine Finger fanden ihren Kitzler und streichelten ihn.

„Komm." Er stieß hart in sie.

Das war ein Befehl, dem sie sich nicht verweigern würde. Ihre Erlösung explodierte in ihrem Inneren und sie schrie.

Alastair fickte sie weiter – ein Stoß, zwei, drei. Dann vergrub er seinen Schwanz tief in ihr und stöhnte seinen eigenen Orgasmus hinaus.

Als Darcy blinzelnd die Augen öffnete, konnte sie nur ihre schnellen Atemzüge hören.

„Wow", murmelte sie.

Er lehnte sich vor und küsste ihre Schulter. Plötzlich erklang das Klingeln eines Handys. Sie wartete darauf, dass Alastair sich zurückzog, doch stattdessen konnte sie spüren, wie er in seine Hosentaschen griff. Darcy wollte sich bewegen, aber er presste seine andere Hand zwischen ihre Schulterblätter und hielt sie an Ort und Stelle.

„Thom?"

O Gott. Er redete mit Thom, obwohl er noch *in* ihr steckte. Sie drückte ihren Körper zurück, doch Alastair hielt sie weiterhin fest.

„Verstanden. Ja, Darcy ist bei mir." Seine Hand glitt über ihren Rücken und nach vorn zwischen ihre Beine. Erneut streichelte er ihren geschwollenen Kitzler. Sie warf ihm über die Schulter einen bösen Blick zu, doch als das Verlangen sie traf, biss sie sich auf die Lippe.

„Du hast Elettaria Inc. aufgespürt." Er brummte leise. „Eine Reihe Scheinfirmen." Sein Blick traf Darcys. „Aber Elettaria ist eine Pflanzengattung. Elettaria cardamomum ist der richtige Name für Kardamom."

Darcy keuchte auf. „Und Kardamom war eines der Hauptgewürze, das entlang der historischen Seidenstraße verkauft wurde."

„Ja, wir sind schon auf dem Weg." Alastair ruckte seine Hüften nach vorn und seine Finger rieben ihren Kitzler.

Die Bewegung jagte eine Welle latenter Lust durch ihren Körper, und sie stöhnte.

„Wir sehen uns gleich, Thom."

„Du bist unmöglich." Sie schubste ihn.

Er bearbeitete ihren Kitzler weiter.

„Alastair!" Die Lust baute sich erneut in ihr auf und ihre Pussy stand in Flammen.

Doch er ließ nicht nach. Nicht, bevor sie seinen

Namen in einem weiteren kurzen, heftigen Orgasmus hinausstöhnte. Dann zog er sich aus ihr zurück und drückte ihr einen harten Kuss auf die Lippen.

„Wir haben den Durchsuchungsbeschluss."

Darcys Körper zitterte vor Aufregung. „Zum Glück fühle ich mich zu gut, um wegen der Nummer gerade auf dich wütend zu sein. Ich mache mich kurz sauber, dann können wir los."

Er nickte. „Es ist Zeit, das Ganze zu beenden und den *Sammler* zu Fall zu bringen."

„Dann lass uns loslegen."

KAPITEL DREIZEHN

A lastair hielt seinen Wagen vorm Adana-Tower an und stieg aus.

Darcy sprang berstend vor Energie vom Beifahrersitz. Als sie sich der Gruppe Agenten und THS-Mitarbeiter näherten, die am Eingang warteten, wollte er ihre Hand nehmen, hielt sich jedoch zurück. Gerade so.

Obwohl er sie die ganze Nacht berührt hatte, schien das einfach nicht genug. Er wollte nicht aufhören.

Sie sah ihn an und konnte ihn eindeutig wie ein offenes Buch lesen. Ein sexy Lächeln zierte ihre Lippen. „Benimm dich."

Thom, Dec und Cal sahen auf, als sie zu ihnen kamen.

„Die ganze Nacht hat niemand das Penthouse verlassen." Thom gab ihm einen Stapel Papiere.

Alastair durchblätterte den Durchsuchungsbeschluss.

„Aber jemand ist heute Morgen hineingegangen", fuhr Thom fort.

Das veranlasste Alastair, den Kopf zu heben.

„Ein älterer Gentleman. Er ist eines der Gründungs-mitglieder von Cochran, Dean und Porter."

„Ein Anwalt", stellte Alastair fest.

Darcy lehnte sich vor. „Denkst du, er ist der *Sammler*?"

„Finden wir es raus", meinte der FBI-Agent. „Zeit, den Herren einen Besuch abzustatten."

„Wir werden trotzdem noch über meine Schwester reden", mischte sich Dec ein. „Und zwar bald."

Cal kniff die Augen zusammen und sagte leise: „Ich finde, wir sollten ihn einfach zusammenschlagen."

„Ich kann zwar nicht alles hören, was ihr sagt", meinte Darcy, die neben Alastair stand. „Aber ich bin mir ziemlich sicher, dass es mir nicht gefällt."

„Hast du den verdammten Knutschfleck auf deinem Hals gesehen?", knurrte Dec.

Darcys Augen wurden schmal. „Mische ich mich vielleicht in dein Sexleben ein?"

Ihr Bruder stöhnte. „Hör auf, das Wort Sex zu benut-zen. Schwestern sollten das nicht zu ihren Brüdern sagen dürfen."

Darcy umkreiste den Mann.

Alastair packte ihren Arm. „Können wir erst die Seidenstraße aufhalten, bevor wir damit weitermachen?"

Dec und Cal sammelten sich. Darcy nickte. Erneut war Alastair froh, dass er ein Einzelkind war.

Er winkte der Gruppe bewaffneter Agenten zu. Während sie sich den Eingangstüren des Adana-Towers näherten, folgte Darcy ihnen.

Der FBI-Agent sah sie böse an und öffnete den Mund.

„Das habe ich mir verdient", unterbrach sie ihn, bevor er etwas sagen konnte, und ihre Augen wurden noch schmaler. „Und das weißt du auch."

Alastair atmete tief ein. „Na gut. Aber du bleibst hinter uns."

Sie gingen durch die Lobby Richtung Aufzug. Thom hatte sie bereits über die Sicherheitsvorkehrungen im Gebäude unterrichtet. Die Fahrt zum Penthouse verlief angespannt.

Die Aufzugtüren öffneten sich zu einem kleinen Empfangsraum aus teurem Marmor und mit einer großen, hölzernen Tür. Er nickte Thom zu, und sein Partner klopfte an die Tür.

Sie wurde geöffnet, und ein gut aussehender junger Mann stand in einem maßgeschneiderten Anzug vor ihnen. Sein zerzaustes blondes Haar war sorgfältig gestylt, und er hielt einen Kaffeebecher in der Hand, als ob er sich um nichts in der Welt sorgen müsste.

„Wir haben einen Durchsuchungsbeschluss für diese Wohnung." Alastair hielt das Papier hoch.

Der Gesichtsausdruck des Mannes wurde etwas besorgter. „Verstehe, Mr. ...?"

„Special Agent Burke, FBI."

„Ah."

Ein älterer Mann erschien hinter dem Jüngeren. Dieser drehte sich um und reichte ihm den Beschluss.

„Mein Anwalt wird sich das ansehen."

Selbstgefälliger Bastard. Er stank nach Privilegien und Überlegenheit. Alastair hatte in seiner Karriere schon viele wohlhabende Menschen getroffen. Die meisten von ihnen waren verdammt hart arbeitende Geschäftsinhaber und Philanthropen. Aber es gab in Washington immer ein elitäres Arschloch, das hinter irgendeiner Ecke lauerte.

Der jüngere Mann lächelte, was Alastair gar nicht gefiel.

Plötzlich drängte sich Darcy nach vorn, und Alastair verdrehte fast die Augen. Er streckte einen Arm aus, um sie aufzuhalten.

„Moment mal!", rief sie. „Ich kenne Sie."

Der Mann legte den Kopf schief und sein Lächeln wurde breiter, wobei er eine Reihe perfekter Zähne entblößte. „Ich bin mir sicher, dass ich mich an eine so liebreizende Frau wie Sie erinnern würde."

Alastairs Blick wurde finster und er trat näher.

„Sie waren im Dashwood. An dem Morgen, an dem wir diese Kinder davon abgehalten haben, die Skulptur zu stehlen."

Der Mann zuckte lässig mit den Achseln. „Ich besuche oft alle ehrwürdigen Institutionen in Washington."

„Name", forderte Alastair.

Das selbstgefällige Grinsen war immer noch da. „William Henry Acton."

Jetzt schob sich Declan nach vorn. Darcy keuchte auf.

Alastair sah die Geschwister stirnrunzelnd an. Irgendetwas entging ihm gerade. „Kommt euch der Name bekannt vor?"

„In den Siebzigern", erklärte Dec, „als unsere Eltern sich in Ecuador das erste Mal trafen –-"

„Hatten sie mit einem britischen Schatzjäger namens Henry Acton zu tun." Darcy starrte den blonden Mann an. „Er hat versucht, einen wertvollen Smaragd der Inka zu stehlen, den unsere Eltern suchten. Tatsächlich wollte er sie umbringen."

William lächelte nur. „Mein Großvater war ein wahrer Abenteurer und Visionär."

„Ist er nicht in Ecuador gestorben?", fragte Darcy.

Der junge Mann lächelte immer noch, aber etwas Bösartiges stahl sich in seine blauen Augen. „Ihre Eltern haben ihn von einer Klippe in einen Fluss voller Kaimane gestoßen."

„Um ihre eigenen Leben zu retten", spie Darcy aus.

Plötzlich trat der Anwalt nach vorn. Er nickte William kurz zu. Alastair deutete seinem Team, vorzustoßen und mit der Durchsuchung des Penthouses zu beginnen.

Er selbst trat an Acton vorbei, wobei er Darcy in seiner Nähe hielt. Als sich seine Agenten aufteilten, bemerkte er, dass Darcy ihr Tablet zückte.

Sie schnappte hörbar nach Luft.

„Was?", fragte er.

„Die Diamanten bewegen sich. *Nach unten.*"

William Actons Lächeln entglitt ihm. Offensichtlich hatte er die Peilsender nicht entdeckt. *Überraschung, Arschloch.*

„Thom!" Alastair folgte Darcy.

Sie drehte sich um und ging durch das Penthouse. Schließlich stürmte sie durch eine Tür in ein Arbeitszimmer. Es war mit dunklem Holz und weinrotem Leder eingerichtet und mit Bücherregalen ausgestattet. Vor einem der vollgepackten Regale blieb sie stehen.

„Hier", erklärte sie.

Alastair streckte seine Hand aus und tastete damit die Wand hinter den Regalen ab.

„Dahinter muss etwas sein", meinte er. „Wir müssen den Mechanismus finden, der es öffnet."

Darcy und Thom kamen zu ihm und halfen bei der Suche. Plötzlich berührte Darcy etwas, und Alastair hörte ein *Klicken*.

Ein Teil des Bücherregals öffnete sich und glitt von der Wand weg. Alastair packte es und zog es zur Seite.

Dahinter lag die silberne Tür eines Aufzugs.

„Der war nicht im Grundriss eingezeichnet", entrüstete sich Thom.

Alastair fluchte und schritt aus dem Arbeitszimmer. Er sah Acton an. Der junge Mann grinste breit.

Alastair wollte keine Zeit mehr mit dem Wichser verschwenden. „Jemand soll ihn festnehmen!"

Er ging durch den Raum und bellte Befehle, während sie zurück zum Hauptaufzug gingen und einstiegen.

„Jemand muss die Agenten auf der Straße vorwarnen. Kein Fahrzeug verlässt den Parkplatz. Niemand verlässt das Gebäude. Ich will, dass jede Tür, jedes Fenster und jeder Müllschacht gesichert werden."

Darcy tippte auf ihr Tablet. „Die Diamanten bewegen sich immer noch. Sie sind draußen! Auf der nördlichen Seite."

Der Aufzug hielt an und die Türen öffneten sich. Sie rannten durch die Lobby hinaus ins Sonnenlicht.

Agenten umschwärmten sie. „Niemand ist weggefahren, Agent Burke."

„Die Diamanten sind hier draußen. Findet sie!"

Sie umkreisten das Gebäude, als Thom plötzlich nach oben deutete. „Seht mal."

Alastair bemerkte ein zerbrochenes Fenster im zweiten Stock.

Eine Sekunde später quietschten Reifen. Alle drehten sich um und sahen einen schwarzen Mercedes, der unten an der Straße vom Bürgersteig wegraste.

„Scheiße!", brüllte er.

In diesem Moment kam ein anderer Wagen mit qualmenden Reifen neben ihnen zum Stehen – sein Wagen. Als die Beifahrertür von innen geöffnet wurde, erkannte er Darcy am Steuer.

„Steig ein."

Er sprang auf den Beifahrersitz, und sie raste auf die Straße, bevor er die Tür schließen konnte. Schnell legte er seinen Sicherheitsgurt an.

„Hier." Sie warf ihm ihr Tablet zu.

Darcy folgte dem Mercedes und fuhr dabei wie eine Rennfahrerin auf zu viel Koffein. Ein paar Mal musste er sich mit den Händen am Dach abstützen.

„Darcy –"

„Mach dir keine Sorgen. Dec und Cal haben mir das Fahren beigebracht."

„Ach du Scheiße", murmelte er.

Als sie ihn anlächelte, konnte er trotz der Widrigkeiten nicht umhin zu bemerken, wie schön sie war.

Plötzlich traf ihn die Erkenntnis, dass er sich in sie verliebte. Mit Haut und Haar, ganz und vollkommen. Seine Brust zog sich zusammen.

Er wusste nur zu gut, dass es wehtat, sich zu sorgen, zu lieben und zu verlieren. Tatsächlich hatte er diese Gefühle gemieden, seit seine Mutter gestorben war. Wahrscheinlich war er furchtbar darin, weil er so wenig Erfahrung hatte.

Darcy riss das Lenkrad herum und fuhr viel zu schnell um eine Kurve.

„Bring uns nicht um", meinte er.

„Ich gebe mein Bestes."

Er knurrte: „Ich will, dass du in Sicherheit bist."

„Und ich werde nie deinen Befehlen folgen, Alastair."

Das stimmte wohl. „Außer im Bett."

Sie zwinkerte ihm zu. „Wenn es mir gefällt."

Gott, sie war wirklich eine Teufelsbraut. Der Mercedes war erneut abgebogen, und Alastair konnte ihn nur noch in der Ferne sehen. Als er in den Seitenspiegel sah, spannte er sich an.

„Darcy."

„Ja."

„Hinter uns fährt ein Sedan. Ziemlich schnell."

Sie sah in den Rückspiegel, und ihre Augen wurden groß. „Er wird schneller. Er wird uns –"

Der Sedan rammte ihr Heck, und das Metall ächzte. Darcy umklammerte das Lenkrad und versuchte, den Wagen gerade zu halten.

„Halt dich fest!" Sie drückte aufs Gas.

Der Wagen schoss nach vorn und Alastair packte den

Türgriff. Sie fuhr in Schlangenlinien über die glücklicherweise leere Straße, nahm viel zu schnell eine Kurve,
aber es gelang ihr, etwas Abstand zwischen sie und den
Sedan zu bringen.

Erneut sah sie in den Rückspiegel. „Sie jagen uns
immer noch!"

Alastair zog seine Glock und kurbelte das Fenster
hinunter, bevor er sich abschnallte.

„Alastair, nein –"

Er streckte seinen Arm aus dem Fenster, zielte und
schoss. Als Antwort schlug ein Kugelhagel in die Heck-
scheibe ein und zerschmetterte sie.

Darcy duckte sich mit einem kurzen Schrei.
„Scheiße! Herr im Himmel!"

„Versuch, den Wagen in der Spur zu halten." Alastair
lehnte sich halb aus dem Fenster und feuerte erneut.

„Alastair! Komm wieder hier rein."

Er traf einen Reifen des näherkommenden Wagens,
und das Fahrzeug geriet außer Kontrolle. Erst fuhr es
über den Bürgersteig und rammte dann einen
Hydranten.

Flink glitt er wieder in den Wagen.

„Ich will auch, dass du in Sicherheit bist!" Sie schlug
gegen seine Brust. „Mach das nie wieder."

„Es geht mir gut."

Vor ihnen konnte man den Potomac sehen. In der
Ferne bog der Mercedes erneut ab.

„Da", deutete Alastair. „Er will zum Hafen."

Darcy fuhr langsamer. „Scheint ein Jacht-Club zu
sein."

Der Fluss war hier ziemlich breit, und mehrere

Docks ragten in die Mitte hinaus. Sie waren mit Jachten aller Größen gesäumt.

Als sie auf den Parkplatz fuhr, entdeckte Alastair den verlassenen Mercedes.

„Was jetzt?", fragte sie.

„Wir warten auf Verstärkung, dann durchsuchen wir den Hafen." Er tippte auf das Tablet. „Ich habe Thom unseren Standort geschickt."

Darcy sah durch die Windschutzscheibe. Plötzlich spannte sie sich an. „Alastair, sieh mal."

Eine große Superjacht ankerte am Ende einer der Reihen. Einige Crewmitglieder in Uniform rannten über das Deck und zogen die Leinen ein.

Sie bereiteten das Schiff auf die Abfahrt vor.

Verdammt. Die Jacht musste dem *Sammler* gehören.

Alastair öffnete das Handschuhfach und nahm die Ersatzmunition heraus. „Du wirst hier auf unsere Verstärkung warten. Sag Thom, wo ich bin." Mit diesen Worten lehnte er sich zu ihr, legte eine Hand auf ihren Hinterkopf und drückte ihr einen leidenschaftlichen Kuss auf die Lippen.

„Nein." Sie packte sein Handgelenk. „Du solltest warten."

„Ich werde nicht zulassen, dass sie abhauen." Er öffnete die Tür.

„Der *Sammler* muss Henry Acton sein. Dad war sich sicher, dass er in Ecuador gestorben ist, aber er muss irgendwie überlebt haben."

„Ich werde ihn finden, mir die Diamanten schnappen und das alles beenden."

Angst zeigte sich in ihrem Gesicht. „Bitte warte."

Alastair zögerte. Er wollte ihre Sorge lindern ..., aber er hatte diese Reise vor so langer Zeit begonnen. Er musste das beenden. Der FBI-Agent riss sich zusammen. Das war für seine Mutter.

„Sag Thom Bescheid und bleib in Sicherheit."

Etwas flackerte in Darcys Augen auf. Etwas, bei dem sich sein Magen zusammenzog.

„Alastair, bleib hier."

„Ich kann nicht." Er drückte ihr einen weiteren kurzen, verzweifelten Kuss auf die Lippen und stieg aus dem Auto. Schließlich tat er das auch für sie. „Sie werden niemandem mehr wehtun, den ich liebe."

Es war Zeit, für seine Mutter Gerechtigkeit zu üben. Und für die vielen Male, die die Seidenstraße versucht hatte, Darcy etwas anzutun.

DARCY STAND neben dem Auto und starrte zur Superjacht. Sie hatte mehrere Decks, einige davon auf der Rückseite, und eine Brücke an der Spitze, die mit schicken Antennen versehen war.

Alastair hatte sie allein zurückgelassen.

Sie stieß einen zitternden Atemzug aus. Sie fühlte sich leer und allein. Abserviert.

Er hatte sich vor wenigen Augenblicken an Bord geschlichen. Sie schlang ihre Arme um ihre Mitte. Wann zum Teufel würden Thom und ihre Brüder ankommen?

Alastair war hineingestürmt, ohne sich um seine eigene Sicherheit zu kümmern. Sie biss sich auf die Lippe. Gott, sie wusste nicht, dass sie so viel Schmerz empfinden konnte. Nachdem er sie gestern Abend berührt und beansprucht hatte, hatte sie gedacht, sie hätte diese einmalige Verbindung gefunden.

Aber er hatte sie verlassen.

Kannst du ihm das verübeln? Wenn ihre Eltern von der Seidenstraße getötet worden wären, würde sie auch alles tun, um die Gruppe zur Rechenschaft zu ziehen.

Sie schluckte. *Sie werden niemanden mehr verletzen, den ich liebe.*

Schlagartig erstarrte sie. In ihrem Kopf stellte sie sich den Ausdruck auf seinem Gesicht vor, als er in der Nacht mit ihr geschlafen hatte – dieser Hunger, diese Verzweiflung, diese Hingabe. Sie konnte seine Berührungen auf ihrer Haut spüren, als ob jede Liebkosung von Bedeutung wäre.

Sie werden niemanden mehr verletzen, den ich liebe. Hatte er damit noch jemand anderen als nur seine Mutter gemeint?

Herrgott! Sie stieß sich vom Auto ab. Es spielte eigentlich keine Rolle. Sie war dabei, sich in den harten, herrischen Mann zu verlieben, und in den vergangenen Tagen war ihr etwas klar geworden: Wenn man verliebt war, ging es nicht darum, dass man von jemandem aus den Socken gehauen wurde oder derjenige immer große Gesten zeigte. Liebe beruhte auf Gegenseitigkeit. Zum einen ging es darum, sich um den anderen zu kümmern, dafür zu sorgen, dass es ihm gut ging, ihm zu geben, was er brauchte. Aber auch die kleinen Dinge waren wichtig.

Urplötzlich hörte sie Schüsse.

Ihr Magen krampfte sich zusammen. Alastair war in Schwierigkeiten.

Sie machte einen Schritt nach vorn. Wer wusste schon, wie viele Söldner der Seidenstraße auf der Jacht waren? Sie suchte den Parkplatz ab, doch sie konnte nicht länger warten. Alastair brauchte Hilfe.

Darcy schnappte sich ihr Tablet und steckte es in ihre Tasche. Sie wünschte, sie hätte eine Waffe, aber sie würde sich nicht von dieser Kleinigkeit aufhalten lassen.

Sie joggte den schwimmenden Steg hinunter zur Jacht. Da weder Besatzungsmitglieder noch Wachen in Sicht waren, rannte sie die Rampe hinauf.

Zwei uniformierte Wachen lagen bewusstlos und mit Kabelbindern gefesselt auf dem Boden. Sie grinste. Verdammt, ihr Mann war gut.

Sie schlich sich durch die erste Tür, die sie fand, und hielt inne. *Wow!* Alles war aus glänzendem, hellbraunem Holz, cremefarbenem Leder und goldenen Beschlägen. Es sah teuer aus, aber für ihren Geschmack war es ein wenig zu protzig.

Sie zückte ihr Tablet und rief die Tracking-Karte auf. Die Diamanten befanden sich im hinteren Teil des Schiffes. Darcy schlüpfte durch den Korridor. Er war mit Holztüren gesäumt, die jedoch alle geschlossen waren.

Am Ende des Flurs befand sich eine weitere Tür mit einer Glasscheibe in der Mitte. Sie drückte sich an die Wand des Ganges und ging näher heran. Das Gemurmel von Stimmen dröhnte durch die Tür. Darcy legte ihren Kopf schief und spähte durch das Glas.

Galle stieg in ihrer Kehle auf. Es war eine Art offener Wohnbereich, der mit bewaffneten Wachen gefüllt war. Alastair saß in der Mitte des Raumes, an einen Stuhl gefesselt.

O nein.

„Der *Sammler* wird bald hier sein", erklärte ein Mann.

Es konnte einfach nur Henry Acton sein.

Erneut sah sie hinein und bemerkte, dass der Diamantenkoffer auf einem Tisch lag. Sie musste Alastair befreien, sich die Diamanten schnappen, und dann fliehen, bevor die Verstärkung der Seidenstraße eintraf.

Das ist doch ganz leicht. Kein Problem.

Während sie das Geschehen beobachtete, holte eine Wache aus und schlug Alastair ins Gesicht. Sein Kopf flog zur Seite und Blut spritzte aus seinem Mund. Darcy biss sich auf die Lippen, um ihren Aufschrei zu unterdrücken.

Langsam wich sie zurück. Sie wollte hineinstürmen, aber das würde kaum etwas bringen. *Denk nach, Darcy. Streng deine grauen Zellen an.* Vorsichtig nahm sie ihr Tablet zur Hand. Sie musste sich auf die Fähigkeiten verlassen, die sie hatte. Als sie sich umsah, entdeckte sie ein kleines, abgedecktes Elektronikpanel an der Wand. Sie brauchte einige Sekunden, um die Abdeckung zu entfernen. Nachdem sie es geschafft hatte, steckte sie ihr Tablet an und verschaffte sich Zugang zur Steuerung der Jacht. Ein grimmiges Lächeln zeigte sich auf ihrem Gesicht. Jetzt war sie in ihrem Funksystem.

Okay. Was nun? Sie tippte flink und hackte sich in die Steuerung der Beleuchtung und der Belüftung. Das war zwar nicht viel, aber immerhin etwas.

Schnell schaltete sie das Licht in dem Raum aus. Sofort erklangen alarmierte Stimmen. Danach ließ sie die Lampen flackern.

Jetzt brach drinnen ein Tumult aus. Sie spähte wieder durchs Glas. Alastair war auf den Beinen, immer noch an den Stuhl gefesselt, aber er schwang ihn herum und trat nach seinen Angreifern. Er prallte gegen eine Wache und schleuderte eine andere gegen die Wand.

Darcy öffnete die Tür. Sie schlüpfte hinein und hielt sich dicht an der Wand. Vorsichtig umrundete sie den Raum und ging zu einer eingebauten Bar. Sie duckte sich dahinter und öffnete eine Schublade. Während sie darin herumfischte, fand sie ein Messer, das sie herauszog.

Mit dem Messer in der Hand drehte sie sich um und sah eine Wache, die ihr den Rücken zugewandt hatte.

Sie schlich sich näher heran. Plötzlich drehte sich der Kerl um und entdeckte sie.

Darcy packte den Griff des Messers fester und stürzte sich auf ihn. Als sie nach ihm stach, wich er ihrem Angriff aus.

Von ihrem Standpunkt aus hatte sie einen direkten Blick auf Alastair. Sie sah, wie eine Wache Alastair einen Schlag in den Bauch versetzte, der ihn nach hinten schleuderte.

„Geh mir aus dem Weg", knurrte sie die Wache an. Alastair brauchte sie.

Erneut stach sie zu und traf den Mann dieses Mal in die Seite. Er rammte gegen die Bar, stolperte und hieb seinen Kopf an der Ecke der Bar an, bevor er bewusstlos zu Boden sank.

Sie wirbelte herum und sah, dass Alastair mit bebender Brust in einer Ecke des Zimmers stand. Die anderen Wachen lagen stöhnend auf dem Boden.

Darcy hob ihr Tablet hoch und schaltete die flackernde Beleuchtung auf normal.

Grüne Augen fixierten sie. „Ich habe doch gesagt, du sollst im Wagen warten."

„Überraschung." Sie ging auf ihn zu. „Natürlich konnte ich nicht zulassen, dass du dir die ganze Action allein gönnst." Mit diesen Worten drückte sie ihre Lippen auf seine. „Oder dass du verletzt wirst."

„Du treibst mich in den Wahnsinn."

„Und du liebst mich dafür."

„Ja, das tue ich."

Ihre Blicke trafen sich, und für eine Sekunde konnte Darcy nicht atmen.

„Hast du vor, die Seile durchzuschneiden?"

Sie blinzelte. *Ach ja, die Seile.* „Dreh dich um."

Der FBI-Agent tat, wie ihm geheißen, und sie durchtrennte mit dem Messer seine Fesseln. Der Stuhl fiel zu Boden und Alastair schüttelte die Seile ab.

Als er frei war, packte er sie, hob sie von den Füßen und riss sie für einen leidenschaftlichen Kuss zu sich.

„Schnappen wir uns die Diamanten", knurrte er. „Und dann suchen wir Thom und die anderen."

Sie wandten sich dem Tisch zu ... und Darcys Herz schlug einen Salto.

Der Diamantenkoffer war weg.

Plötzlich hörten sie ein *Wup-Wup* von draußen. Ein Hubschrauber flog über die Jacht.

„Scheiße", murmelte Alastair. „Er wird auf dem obersten Deck landen."

„Der *Sammler*!"

KAPITEL VIERZEHN

Alastair blieb in Darcys Nähe, während sie durch den Flur mit den Holzvertäfelungen eilten. „Kannst du das Licht auf dem ganzen Schiff ausschalten?"

Sie lächelte. „Kannst du mehrere böse Jungs auf einmal außer Gefecht setzen wie ein knallharter FBI-Agent?"

Er starrte sie an. Die kluge, smarte, sexy Darcy. Sein Herz hämmerte in seiner Brust. Es stand außer Frage – er war dabei, sich zu verlieben, und verdammt, er war ihr schon verfallen.

Eigentlich wollte er sie zu sich ziehen, aber im Moment musste er sich die Diamanten schnappen, den *Sammler* fassen und vor allem: Darcy in Sicherheit bringen.

Er würde alles dafür tun, um sie zu beschützen.

Sie tippte auf ihr Tablet und die Lichter gingen aus. In der fast vollkommenen Dunkelheit strichen sie mit ihren Händen über die Wände, bis sie an einer Treppe ankamen, die sie hinaufgingen. Je näher Alastair dem Ende kam, desto langsamer wurde er, blinzelte durch die Dunkelheit und bereitete sich auf alles vor, was kommen konnte.

In dem Moment traf sein Knöchel irgendetwas.

Stolperdraht. *Verdammt.*

Er drehte sich um und warf sich über Darcy.

Die Granate ging hoch, aber es flog kein Schrapnell. Stattdessen erfüllte ein Gas die Luft. Darcy hustete.

„Runter auf den Boden. Schnell." Er zog sie nach unten, obwohl ihm bereits schwindelig war.

Darcy wurde schlaff, und sie brach neben ihm zusammen. *Nein, verdammt.* Alastair fiel schwer auf die Knie, zog sie zu sich und hielt sie fest. Jeder Muskel in seinem Körper spannte sich an. Er durfte sie nicht im Stich lassen.

Als er hustend aufsah, erkannte er mehrere Gestalten, die sich durch das Gas bewegten.

Schwärze machte sich am Rand seiner Sicht breit. Er wehrte sich gegen sie, doch einige Sekunden später verlor er das Bewusstsein.

Als Alastair wieder zu sich kam, saß er auf einem Stuhl und seine Hände waren hinter ihm gefesselt.

Die Lichter waren wieder an und Darcy lag auf einem Plüschteppich vor ihm. Angst durchzog seine Adern, als er sie anstarrte und verzweifelt hoffte, dass es ihr gut ging. Dann bemerkte er, dass sich ihre Brust sanft hob und senkte. Sie atmete. Gott sei Dank.

Schließlich sah er auf.

Offensichtlich befanden sie sich in einem Speisesaal.

Eine Wand bestand aus raumhohem Glas, das auf

ein breites Deck hinausführte. Wachen in Schutzwesten und mit Gewehren in den Händen säumten den Rand des Raums. Sie wirkten militärisch trainiert.

Er musterte den Diamantenkoffer, der auf dem Tisch lag.

„Wo ist der *Sammler*?“, fragte er.

Niemand sprach oder bewegte sich, bis er das Klackern von Absätzen auf dem Holzboden hörte. Tatsächlich hatte er erwartet, einen gealterten Henry Acton zu sehen. Stattdessen betrat eine elegante Frau in den Fünfzigern den Raum. Sie trug ein modernes, marineblaues Hosenkostüm und ihr elegant gefärbtes blondes Haar war zu einer jugendlichen Frisur gestylt. Dank der diskreten Verschönerungen, die sie sich gegönnt hatte, zeigte sich in ihrem Gesicht keine einzige Falte.

„Sie sehen überrascht aus, Agent Burke.“ Sie lächelte. Ihre Stimme hatte einen kultivierten, britischen Akzent. „Ich schätze, Sie haben mit meinem Vater gerechnet.“

„Henry Acton war Ihr Vater.“

Sie nickte, und große Diamantohrringe baumelten an ihren Ohren. „Brian, bring mir bitte einen Tee.“

Einer der Soldaten ging zur kleinen Küchenzeile.

„Das bedeutet, dieses Arschloch im Adana ist Ihr Sohn“, stellte Alastair fest.

Das Lächeln der Frau wurde kein bisschen schwächer. „Korrekt. Meine Anwälte arbeiten gerade mit Hochdruck daran, ihn aus dem FBI-Gewahrsam zu befreien.“

„Ihr werdet alle untergehen“, erklärte Alastair. „William wird sehr lange weggesperrt, Mrs. ...?“

„*Miss* Diana Acton. Ich habe geheiratet, aber zu Ehren meines Vaters habe ich meinen Namen behalten."

Sie nahm eine Tasse Tee von ihrer Wache entgegen und gönnte sich einen Moment, um eine Zitrone hineinzupressen, bevor sie einen Schluck trank.

„Ich leite die Seidenstraße schon seit Jahrzehnten, Agent Burke. Tatsächlich hatte ich hier und da ein paar Partner über die Jahre, aber *ich* habe sie aufgebaut. Schrittchen für Schrittchen. Meine private Sammlung ist enorm."

„Ihre Sammlung *gestohlener* Gegenstände ist enorm. Und Sie sind eine Mörderin."

Ihre blauen Augen blitzten auf. „Mein Vater wurde ermordet. Er ist in einem verdammten Dschungel gestorben, als wäre er wertloser Müll."

Jetzt konnte Alastair die Änderung ihrer Tonlage hören. Langsam schaffte er es, ihr unter die Haut zu gehen.

„Soweit ich gehört habe, war er ein Mörder und ein Dieb", erklang Darcys Stimme.

Alastair sah nach unten und merkte, dass sie sich aufgesetzt hatte. Sie sah blass aus, war jedoch bei Bewusstsein.

„Er wollte meine Eltern umbringen", fuhr sie fort. „Er hat einen Mann getötet, der ihnen geholfen hat."

Diana Actons Augen fokussierten sich auf Darcy. „Sie haben ihn *umgebracht*. Ich habe meinen Vater angebetet. Er war ein großer Mann."

Darcy schnaubte.

Das Lächeln der älteren Frau änderte sich – es wurde kälter. „Das spielt keine Rolle. Bald werde ich meine Rache genießen – an deinen Eltern, Treasure Hunter Security –", sie sah Alastair an, „– und an jedem, der gedacht hat, er könnte die Seidenstraße und mich aufhalten." Offensichtlich war das förmliche *Sie* jetzt passé.

Ein Schauer lief Alastair über den Rücken. „Wovon redest du?"

„Nun, Agent Burke, meine Sammlung beinhaltet eine große Menge Artefakte mit gewissen ... Fähigkeiten."

Sein Magen verkrampfte sich.

„Fähigkeiten, die ich dazu nutzen kann, die Seiden-straße zu einer Macht aufzubauen, die man auf der ganzen Welt fürchten wird. Die Regierungen werden mir zu Füßen liegen, um meine Gunst zu erlangen."

Scheiße. Alastair wusste, dass es Artefakte gab, die man besser wegschließen sollte. Diese durften auf keinen Fall in die falschen Hände gelangen. Er musste Team 52 warnen.

„Nun, wollen wir uns mal anschauen, was wir hier haben?", grinste Diana.

Die Frau hob den Diamantenkoffer hoch und klappte den Deckel auf. Freude breitete sich auf ihrem Gesicht aus.

„O ja." Die Worte kamen als Seufzen heraus. „Damit kann ich andere kontrollieren."

„Das sind doch keine Stücke uralter, verschollener Technologie." Darcy verdrehte die Augen. „Du lässt dich von deinem eigenen Größenwahn leiten. Es sind nur Diamanten."

„An diesen Juwelen haften zu viele Legenden." Ein

Muskel in Dianas Kiefer zuckte. „Meine Forscher haben mir versichert, dass sie eine gewisse Macht enthalten *müssen*."

Alastair fixierte Diana mit seinem Blick. Die Frau war nicht ganz klar im Kopf. Ihre Sehnsucht nach Macht hatte sie fest im Griff. „Wir werden dich aufhalten."

„Ach wirklich?" Diana schüttelte den Kopf. „Du und Ms. Ward werdet in ein paar Stunden auf dem Grund des Ozeans liegen. Niemand wird eure Leichen je finden."

Alastair spürte eine leichte Vibration durch den Boden gehen. Mist, das waren die Motoren der Jacht. Das Schiff bewegte sich. *Verdammt.*

Sein Team würde nur noch ein leeres Dock vorfinden.

„Und jetzt werde ich euch beiden eine Lektion erteilen." Diana nickte mit dem Kopf.

Zwei Wachen packten Darcy und zerrten sie nach vorn.

„Lasst mich los!"

Alastair erhob sich und zerrte an seinen Handfesseln. Eine weitere Wache trat vor und drückte ihn wieder auf den Stuhl.

Hilflos musste er zusehen, wie Darcy an einen der Tische gezerrt wurde. Obwohl sie sich mit aller Kraft wehrte und gegen die Wachen ankämpfte, hoben sie sie einfach hoch und drückten sie mit dem Rücken auf den Tisch.

Diana kam mit klackernden Absätzen näher. Sie zog ein kleines Bündel heraus und rollte es aus.

Alastairs Magen zog sich zusammen. Es war ein Werkzeugsatz.

Der Mann von der Seidenstraße, der seiner Mutter wehgetan hatte, hatte das gleiche Bündel bei sich getragen.

Es war die Art, die Folterknechte mit sich führten.

„Vielleicht werfe ich deinen Körper doch nicht ins Meer, Ms. Ward. Vielleicht lege ich deinen gebrochenen Körper irgendwo ab, wo er deinen Eltern, Treasure Hunter Security, dem FBI und vor allem ihm eine Lehre sein wird." Sie deutete auf Alastair.

Alastair riss an den Fesseln. *Nein.*

„Ich glaube, du hast so etwas schon mal gesehen, Agent Burke." Dianas Lächeln war bösartig. „Als deine Mutter gestorben ist."

Jeder Muskel in seinem Körper spannte sich an. *Nein. Nicht schon wieder.*

„LASST MICH LOS!" Darcy richtete sich auf und wollte sich befreien.

Sie wehrte sich gegen die Wachen, die sie festhielten. Schließlich schaffte sie es, ein Bein zu befreien, und trat einem der Männer in den Magen.

Dessen Hand flog durch die Luft und traf sie im Gesicht.

Autsch. Sterne tanzten vor ihren Augen. Hinter ihr im Raum hörte sie Alastair knurren. Die Männer drückten ihre Arme an ihre Seiten und bohrten ihre

Finger in ihren Bizeps und ihre Knöchel, um sie zu fixieren.

Diana Acton trat ins Blickfeld. In einer Hand hielt sie eine große Zange und in der anderen ein kleines Messer.

O Gott. Übelkeit regte sich in ihrem Magen.

„Fange ich mit deinen Zähnen oder deiner schönen Haut an, Ms. Ward?"

Darcy starrte die Frau böse an. „Ich bin für keins von beidem."

Acton schüttelte den Kopf, bevor sie die Zange weglegte und damit begann, die Knöpfe an Darcys Oberteil aufzuschneiden. Mit einem *Kling* fielen sie zu Boden.

Verdammt. Furcht brodelte in Darcys Adern.

Diana schob Darcys Bluse auf und entblößte ihre Haut und ihren hübschen, blassgrünen BH. Dann drückte die Frau das Messer genau unter ihre Brüste.

Sie bewegte die Klinge nach unten.

Darcy zischte vor Schmerz und hörte Alastair wild fluchen. Der Schnitt war nicht allzu tief, und sie biss die Zähne zusammen. Sie wollte dieser Schlampe nicht die Genugtuung geben, einen Laut von sich zu geben. Blut quoll auf ihren Bauch.

Diana nickte, als ob sie mit ihrem eigenen Werk zufrieden wäre. Dann hob sie das Messer wieder an und strich noch einmal über Darcys Bauch.

Dieser Schnitt war tiefer und tat mehr weh. Darcy unterdrückte ihren Schrei.

Beim dritten Einschnitt drehte sie ihren Kopf und hatte Mühe, keinen Laut von sich zu geben. Ihr Blick traf auf den von Alastair.

Oje, er konnte sich kaum noch zurückhalten. Ein Chaos der Gefühle brach in ihr aus. Sein großer Körper war angespannt und stemmte sich gegen die Handschellen, die ihn festhielten. Sein Gesicht war schweißüberströmt.

Sie wollte nicht schreien, weil sie wusste, dass das Alastair genauso wehtat wie ihr. Diese Schlampe benutzte sie, um Alastair Schmerzen zuzufügen. Aber der nächste Schnitt war tiefer, und dieses Mal konnte sie nicht anders, als aufzuheulen.

„Das ist ein hübsches Geräusch", schwärmte Diana.

„Hör auf!" Alastair sprang auf die Beine, und der Stuhl fiel nach hinten. Mit voller Wucht rammte er gegen eine der Wachen. „Hör auf, ihr wehzutun."

Er tat Darcy so unbeschreiblich leid. Das war sein Albtraum. Diana zwang ihn, ihn wieder zu erleben. In diesem Moment hasste Darcy Diana Acton so sehr wie noch nie jemanden zuvor.

Während Alastair sich gegen seine Wachen wehrte, presste Darcy ihre Hände auf ihre Oberschenkel und versuchte, sich zusammenzureißen.

In diesem Moment spürte sie ihr Mini-Tablet in ihrer Tasche.

Alastair stieß einen gequälten Laut aus und drehte durch. Er schleuderte eine Wache gegen die Wand und warf sich gegen eine andere.

Bei dem nächsten Messerstich stöhnte Darcy auf und ließ ihre Finger heimlich in ihre Tasche gleiten. Sie kämpfte gegen die Welle des Schmerzes an, und ihre Finger streiften das Tablet.

Sie konnte nicht sehen, was sie tat, aber sie hatte sich

den Bildschirm ihres Tablets eingeprägt, daher konnte sie sich die Tasten bildlich vorstellen. Sie betete, dass die Wachen es nicht bemerkten.

„Lass sie gehen!", brüllte Alastair. „Hör sofort auf."

„Schießt ihm ins Bein", befahl Diana gelassen.

Der laute Knall einer Waffe war in dem kleinen Raum ohrenbetäubend.

„Nein!" Erschrocken drehte Darcy den Kopf und sah, wie Alastair zu Boden fiel. Da seine Hände auf dem Rücken gefesselt waren, konnte er keinen Druck auf seine Wunde ausüben, und das Blut strömte heraus.

Die Wache, die auf ihn geschossen hatte, rührte sich und zielte mit ihrer Waffe auf Alastairs Kopf.

Alastair sah Darcy direkt ins Gesicht. „Ich liebe dich, Darcy."

Ihr Mund stand offen. *O Gott*. Er liebte sie. Wärme durchflutete sie. Dieser starke, ehrgeizige, gut aussehende Mann liebte sie. Immer kämpfte er, um Menschen in Not zu helfen und die Schurken aufzuhalten, aber sie wusste, dass er in seinem Herzen einen Platz für sie reserviert hatte. Sie liebte den Beschützer in ihm. Endlich hatte sie die Liebe gefunden, nach der sie sich so lange gesehnt hatte – sie war nicht wie im Märchen, aber sie war tief und echt.

Junge, er hatte einen wirklich schlechten Zeitpunkt gewählt, um ihr das zu sagen.

„Wie süß", knurrte Diana.

Darcy starrte die Frau böse an. „Du weißt gar nichts über Liebe, Opfer oder wie man sich um jemanden sorgt."

„Meine Familie bedeutet mir alles!"

Darcy schüttelte den Kopf. „Du sorgst dich um nichts und niemanden außer dich selbst und Macht. Das ist egoistisch. Liebe ist niemals egoistisch."

Sie drehte den Kopf und lächelte Alastair an. „Ich glaube, ich liebe dich auch."

Seine Augenbrauen zogen sich zusammen. „Du glaubst?"

„Du musst noch ein klein bisschen Überzeugungsarbeit leisten. Ich weiß, dass du sehr überzeugend sein kannst, wenn es dir passt." Sie sah sich im Raum um. „Und nach dem Ganzen hier habe ich einen Trip ans Meer bitter nötig. Wir müssen irgendwohin, wo es keine Bösewichte gibt. Irgendwohin, wo ich nass werden kann." Bei diesen Worten sah sie ihm direkt ins Gesicht und verdrehte die Augen zur Decke. Mental beschwor sie ihn, ihre Worte richtig zu verstehen.

„Für euch wird es kein *Danach* geben." Diana hob erneut das Messer an.

„Da bin ich anderer Meinung." Darcy drückte auf den Bildschirm ihres Tablets. *Bitte sei der richtige Befehl.*

Die Sprinkleranlage an der Decke erwachte zum Leben und besprengte den Raum mit Wasser.

Die Wachen schrien erschrocken auf, und Darcy trat aus. Sie riss sich los und schwang sich vom Tisch.

Mit voller Wucht stürzte sie sich auf Diana und warf sie um. Dann schnappte sich Darcy den Diamantenkoffer und eilte quer durch den Raum zu Alastair.

Sie sah, dass er sich von den Handschellen befreit hatte. Wie zum Teufel hatte er das geschafft? Er warf die letzte Wache, die bei Bewusstsein war, gegen die Wand, und sie hörte, wie der Schädel des Mannes gegen die Wand schlug. Sein Körper glitt die Wand hinunter auf den Boden.

„Alastair!"

Er packte ihre Hand. „Komm schon." Mit einer Hand packte er den umgeworfenen Stuhl und zerrte ihn hinter ihnen her. Sobald sie im Flur waren, schlug er die Tür zu und klemmte den Stuhl unter den Türgriff.

„Wie bist du aus den Handschellen herausgekommen?"

„Ich habe immer einen Ersatzschlüssel dabei, weil ich gern auf alle Eventualitäten vorbereitet bin." Er zog ihr Oberteil zu und verknotete es. „Gehts dir gut?"

„Ja. Was ist mit deinem Bein?" Sie konnte viel Blut sehen.

„Wird schon gehen. Jetzt beweg dich."

„Du bist so verdammt herrisch." Eilig rannten sie den Flur hinunter, aber Alastair humpelte stark. Sein Hosenbein war mit Blut getränkt, und Sorge nagte an ihr.

„Immer weiter", befahl er.

Sie kamen in einen legeren Wohnbereich, der mit cremefarbenen Sofas zugestellt war. Am anderen Ende befand sich ein Paar Schiebetüren, die auf ein weiteres Deck führten.

Sie schipperten den Potomac hinunter. Gott, der Fluss war riesig.

„Suchen wir nach einer Art Rettungsboot oder Speedboat –"

„Darcy." Alastair brach gegen die Rückenlehne einer

Couch zusammen und beschmierte den Stoff mit Blut. „Ich kann nicht weiterlaufen."

„Nein."

„Du musst allein weiter. Bring dich in Sicherheit."

Ihr Herz schlug ihr bis zum Hals. „Nein!"

KAPITEL FÜNFZEHN

„Du musst aufstehen, Alastair!" Darcy rannte zu einer Kommode und riss die Schubladen heraus.

Burke beobachtete sie und versuchte, den Schmerz mit seiner Atmung zu kontrollieren. Sie kam mit einem Handtuch zurück und knotete es um sein Bein.

Allein den Flur hinunterzugehen, hatte schon alles von ihm abverlangt. Sein Bein bestand nur noch aus Schmerz.

„Verschwinde, Darcy. Such ein Boot und hol Hilfe."

Doch sie schüttelte ihren Kopf, und ihr Haar strich gegen ihre Wangen. „Du weißt doch, dass ich Befehle nicht befolge. Ich werde den Mann, den ich liebe, *nicht* einfach zum Sterben zurücklassen."

Sein Herz wurde von einer pulsierenden Wärme erfüllt. Darcy liebte ihn. Aber dann folgte die Angst. Sie würde nicht gehen.

Er sah zu dem Blutfleck auf ihrem weißen Oberteil. Tatsächlich sah sie aus, als wäre sie aus einem Horrorfilm entsprungen. Wenn er sie verlor, würde er das nicht überleben. Zusehen zu müssen, wie die Frau sie gefoltert hatte, während er nichts hatte tun können ... das hatte ihn fast gebrochen.

„Hey." Darcy legte ihre Hände auf seine Wangen. „Bleib bei mir."

Er nickte.

„Hauen wir hier ab", meinte sie. „Gemeinsam. Wenn du nicht weitergehen kannst, werde ich dich wohl einfach retten müssen."

„Das hast du bereits."

Sie hob den Kopf und Wärme erhellte ihr Gesicht. Sie lehnte sich vor und küsste ihn.

„Ich werde dir später noch sehr viele Küsse geben. Aber jetzt müssen wir weg." Sie sah sich um und eilte dann zu den Schiebetüren.

Alastair biss die Zähne zusammen und humpelte ihr hinterher.

Doch bevor sie die Türen mehr als ein paar Zentimeter öffnen konnte, wurde die Hauptzugangstür zum Raum aufgeworfen.

„Gebt mir die Diamanten!" Diana schritt durch den Raum, flankiert von einigen Wachen.

Ein Kugelhagel traf die Wände.

Alastair warf Darcy zu Boden und schlug dabei mit seinem verletzten Bein auf. Der Schmerz war überwältigend und seine Sicht verschwamm. Er atmete durch den Mund und betete, dass er sich nicht übergeben würde.

Plötzlich drückte ihm jemand eine Waffe in den Nacken.

Als er aufsah, bemerkte er, dass eine andere Wache Darcy eine Waffe an die Stirn hielt. Sie war blass.

Nein. So durfte es nicht enden.

Diana riss den Koffer aus Darcys Händen und öffnete ihn.

„Die gehören mir."

Die Lichter gingen aus. Das Tageslicht von draußen war die einzige Lichtquelle. Alastair starrte Darcy an.

Sie schüttelte den Kopf. „Das war ich nicht."

Auf einmal flog von draußen ein kleiner silberner Ball herein. Er traf auf den Boden und rollte weiter. Ein hohes Klingeln erfüllte den Raum.

Alle fingen an, zu schreien. *Verdammt.* Alastair biss die Zähne zusammen. Es fühlte sich an, als würde ihm jemand einen Eiszapfen in die Ohren stechen. Schnell legte er seine Hände auf die Ohren und versuchte, das Geräusch auszublenden. Er sah, dass Darcy dasselbe tat, während sich ihr Gesicht vor Schmerz verzog.

In dieser Sekunde zerbrachen die Glastüren.

Alastair sah auf. Draußen fielen Seile vom Himmel und schwarz gekleidete Soldaten ließen sich aufs Deck hinunter. Sobald ihre Stiefel den Boden berührten, lösten sie sich von den Seilen und traten in den Raum.

Die Neuankömmlinge trugen schwarze Schals über der unteren Hälfte ihres Gesichts und futuristisch anmutende Gewehre.

Schnell griffen sie die Söldner der Seidenstraße an. Hart und unnachgiebig.

Alastair wusste sofort, zu wem sie gehörten. Team 52.

Das klingende Geräusch hörte auf. Alastair drehte seinen Kopf und erkannte die große Gestalt von Lachlan

Hunter, dem Anführer von Team 52. Er hielt den silbernen Ball in seiner Handfläche.

Die Hand des Mannes bestand ebenfalls aus silbernem Metall.

„Darcy." Dec kam in den Raum und hockte sich vor sie. Er warf seine Waffe über seine Schulter. Der Rest des THS-Teams erschien ebenfalls.

„Ist niemand mehr übrig, den man erschießen könnte?", fragte Morgan, offensichtlich enttäuscht.

„Diese Wichser haben die ganze Action für sich gepachtet." Logan starrte die Mitglieder des Teams 52 böse an.

Darcy schüttelte ihren Kopf, um ihre Gedanken zu klären. „Dec, mir gehts gut. Aber sie haben auf Alastair geschossen. Er hat eine Schusswunde im Oberschenkel."

Alastair stöhnte, während er mit dem Rücken gegen die Wand sackte. Er war mit Blut beschmiert, genau wie der Boden.

„Kimura", stieß Hunter aus.

Ein schwarz gekleideter Mann ließ sich neben Alastair fallen, und er sah auf. Nein, es handelte sich um eine Frau. Graue Augen sahen ihn über den Schal hinweg an. Dann öffnete sie einen Rucksack.

„Ich bin Sanitäterin." Sie streckte ihre Hand aus, um seine Schusswunde zu versorgen.

„Sie zuerst." Er nickte zu Darcy.

Darcy hob ihr Kinn an. „Nein." Sie setzte sich auf die Knie.

Dec und Cal knurrten.

„Was zur Hölle, Darcy!", rief Dec.

Alle konnten jetzt einen guten Blick auf ihr Oberteil werfen, das in Blut getränkt war.

„Sag mir, dass das nicht deins ist", forderte Cal.

„Na ja, dank des *Sammlers* habe ich ein paar Schnittwunden, aber sie sind nicht so schlimm, wie sie aussehen."

„Hier." Die Sanitäterin des Teams 52 drückte eine Mullbinde auf ihren Bauch. „Behalte den Druck bei." Dann wandte sich die Frau wieder Alastairs Bein zu. Sie schnitt sein Hosenbein auf.

Darcy schubste ihre Brüder zur Seite und setzte sich neben Alastair. Sie reckte sich und küsste ihn. „Ich liebe dich."

Cal stöhnte auf. „Scheiße."

Decs Reaktion fiel gleich aus.

In der Nähe konnte Alastair Morgan und Logan grinsen sehen. Ronin und Hale schüttelten die Köpfe, wirkten aber amüsiert.

„Hunter!", rief Alastair.

Der Anführer des Teams 52 legte den Kopf schief.

„Wie zur Hölle seid ihr hierhergekommen?"

„Ich dachte, ihr könntet ein wenig Hilfe brauchen."

„Der *Sammler*", fuhr Alastair fort, „ist Diana Acton, Henry Actons Tochter."

Darcy suchte den Raum ab und ihre Augen wurden groß. „Wo ist sie hin?"

„Sie kann nicht weit gekommen sein", meinte Dec. „Die Jacht wird vom FBI umstellt und –", er sah zu Team 52, „– noch ein paar anderen."

„Sie besitzt eine Sammlung", erklärte Alastair. „Mit Artefakten, die ihr euch vielleicht sichern solltet."

Hunters durchdringend goldene Augen blitzten auf. „Wir werden uns darum kümmern."

Dec nahm den Koffer und öffnete ihn. „Scheiße."

Der Black Orlov fehlte.

Alastair sah die Sanitäterin an. „Hast du auch ein paar Drogen dabei, die mich schnell auf die Beine bringen können?"

Die Frau senkte den Kopf. „Vielleicht."

„Gib mir was von dem Zeug. Und jemand muss mir beim Aufstehen helfen", befahl Alastair.

„Er vergisst manchmal seine Manieren", grummelte Darcy.

„Wir müssen Acton finden", knurrte Alastair. „Sofort!"

DARCY BEOBACHTETE, wie ihre Brüder Alastair dabei halfen, durch den Flur zu humpeln.

Neben ihnen berührte der Anführer von Team 52, Hunter, sein Ohr. „Sie ist auf dem Dach."

Ihre kleine Gruppe ging weiter und stieg die Treppe zum obersten Deck hinauf. Darcy biss sich auf die Lippe, als sie den Schmerz in Alastairs Gesicht sah, der sich bei jedem Schritt zeigte. Sie sah zu Hunter, der sie mit seinen eindringlichen Augen betrachtete. Augen, die sie fast zum Erschaudern brachten. Wie die Augen eines Tigers ... kurz bevor er angriff.

Sie gingen durch eine Tür und traten ins Sonnenlicht.

Während sie sich auf dem obersten Deck verteilten,

entdeckte sie Diana Acton. Die Frau stand auf dem Dach der Brücke und klammerte sich an eine Antenne.

Was zur Hölle?

Die Halskette mit dem Black Orlov baumelte um ihren Hals.

„Was macht sie da?", fragte Darcy.

„Sie hat den Verstand verloren", murmelte Dec.

„Ihr könnt mich nicht aufhalten!", schrie Diana. „Die Seidenstraße wird die machtvollste Organisation der ganzen Welt sein."

Alastair drückte sich von Dec und Cal ab und humpelte nach vorn. Mit geradem Rücken stellte er sich neben Hunter.

„Es ist vorbei, Diana."

„Niemals!"

„Wir haben deinen Sohn in Gewahrsam."

„Meine Anwälte werden ihn im Handumdrehen da rausholen."

Hunter rührte sich. „Eigentlich hat mein Team ihn jetzt in Haft. Wir wollen ihn über den Inhalt und den Aufbewahrungsort deiner Sammlung befragen."

Die Frau schüttelte den Kopf. „Er wird euch niemals etwas erzählen."

„Wir haben da so unsere Methoden." Hunter legte den Kopf schief. „Wir sind Black-OPs, Ms. Acton. Wir berichten niemandem und spielen nach unseren eigenen Regeln. Kein Anwalt wird ihn jemals finden."

Die Frau umklammerte die Halskette. „Ich habe den Black Orlov und werde ihn benutzen, um euch alle in die Knie zu zwingen."

„Das ist nur ein Diamant. Er hat keine Fähigkeiten." Alastair starrte die Frau an. „Zeit, sich zu ergeben."

„Niemals", flüsterte die Frau. „Mein Vater hat das auch nie getan."

„Du hast zu vielen Menschen wehgetan." Alastairs Stimme war hart. „Du hast zu viele Familien zerstört und Stücke der Geschichte gestohlen, die jedem auf der Welt gehören. Das wird heute enden."

„Nein."

„Du hast Kindern ihre Väter und Mütter geraubt. Damit hast du genau das getan, was du ursprünglich rächen wolltest."

Ein Ausdruck des Unglaubens huschte über das Gesicht der Frau, doch sie schüttelte den Kopf.

Darcy bemerkte, wie Alastair auf seinen Beinen schwankte. Sie ging zu ihm und drückte sich an ihn. Er legte einen Arm um ihre Schultern, sah zu ihr hinunter und stützte sich ganz leicht auf ihr ab. Sie lächelte.

„Es werden keine Mütter mehr sterben", erklärte Darcy. „Nach dem heutigen Tag wird die Seidenstraße niemandem mehr wehtun."

Alastair nickte. „Jeder auf diesem Deck wird unermüdlich daran arbeiten, die Seidenstraße zu zerschlagen, Stück für Stück. Bis nichts mehr übrig ist. Bis sie nur noch eine hässliche, vergessene Fußnote in einer staubigen Akte ist. Und du wirst den Rest deines Lebens in einer Gefängniszelle verrotten."

„Nein." Jetzt klang die Frau entsetzt und ihr Gesicht wurde blass.

Sie drückte sich von der Antenne ab und ging zitternd zur Kante des Dachs.

„Scheiße", murmelte Alastair.

Darcy konnte sehen, dass das Gesicht der Frau ausdruckslos geworden war, während sie in die Ferne starrte.

Die Männer an Deck eilten los, doch bevor sie ihr auch nur ansatzweise nahe kommen konnten, sprang Diana.

Sie schaffte es nicht ins Wasser. Und Darcy schien es, als hätte sie das auch gar nicht gewollt.

Sie wandte sich ab, als Dianas Körper mit einem Geräusch auf dem unteren Deck aufschlug, das ihr durch Mark und Bein ging.

Alastair zog Darcy an sich und drückte ihr Gesicht gegen seine Brust.

„O Gott."

„Sieh nicht hin." Er streichelte mit einer Hand über ihren Rücken.

Einen Moment später erschienen Hunter und seine Sanitäterin.

„Sie ist tot." Hunter hielt den Black Orlov in seiner Hand, die mit einem Handschuh geschützt war.

„Gibst du mir den zurück?", fragte Alastair.

„Nein. Ich glaube, es ist besser, wenn ich den behalte."

Darcy sah auf und erstarrte. „Handelt es sich wirklich um uralte Technologie?"

Hunters Augen verengten sich und sie schätzte, dass der Mann lächelte. Er antwortete jedoch nicht auf ihre Frage. „Und glaubt bloß nicht, dass ich den Peilsender vergessen habe, den ihr auf dem Stein platziert habt."

Darcy rümpfte die Nase. „Ich schätze, du weißt, wie man ihn entfernt."

„Nun, ich denke, dass wir das herausfinden können." Mit diesen Worten drehte er sich um und rief nach seinem Team.

„Okay, er ist wirklich Mr. Geheimnisvoll, nicht wahr?", murmelte sie.

„Das ist sein Job."

„Er macht mir Angst."

Alastair nickte. „Mir auch."

Während Team 52 sich entfernte, atmete Darcy zitternd aus. „Es ist vorbei."

Alastair hob ihr Gesicht zu seinem. „Die Seidenstraße ist erledigt." Dabei sah er sich auf dem Schiff um. „Ich glaube, meine Mom wäre glücklich."

Darcy packte seine Schultern. „Das wäre sie. Und stolz auf dich. Das bin ich auch."

Er legte seine Stirn an ihre. „Ohne dich hätte ich das nicht geschafft. Ich glaube, dass sie hauptsächlich froh wäre zu wissen, dass ich eine so unglaubliche Frau wie dich gefunden habe."

Darcy warf ihm ein keckes Grinsen zu. „Na klar."

Alastair lachte schallend, und ihr Lächeln wurde breiter. So langsam klang seine Stimme weniger heiser.

„Willst du hier verschwinden?", fragte er.

Ihr Griff wurde fester. „Na ja, wenn du so nett fragst …"

KAPITEL SECHZEHN

Als sie das Dashwood betraten, eilte der Direktor zu ihnen.

„Oh, Gott sei Dank." Der erschrocken aussehende Mann nahm Alastair den Diamantenkoffer ab und öffnete ihn.

Als er die leere Aushöhlung sah, keuchte er auf. „Der Black Orlov?"

„Jemand wird Sie deswegen kontaktieren, Mr. Monroe", erklärte Alastair ihm. „Er befindet sich in guten Händen, und das Museum wird eine großzügige Entschädigung erhalten."

Der Direktor schürzte die Lippen, nickte jedoch nur.

Alastair legte seinen Arm um Darcy. Sie waren beide im Krankenhaus gewesen, weil Darcys Brüder darauf bestanden hatten. Seine Beinwunde und Darcys Schnittverletzungen waren versorgt und bandagiert worden. Aber sie hatten noch keine Gelegenheit gehabt, sich umzuziehen, und sahen aus, als kämen sie direkt aus der Hölle.

„Darcy!", rief eine Stimme.

Sekunden später wurden sie von Menschen umringt. Er schaute zu, als Darcys Eltern, ihre Geschwister und ihre Freunde sie umarmten. Dec und der Rest des THS-Teams beobachteten die Szene und lächelten.

„Es geht uns gut." Darcy trat wieder neben Alastair. „Und das Beste ist: Wir haben die Seidenstraße erledigt."

Jubel breitete sich aus.

„Stimmt das?" Elin erschien neben Alastair. „Habt ihr sie wirklich zerschlagen?"

Er nickte. Die Organisation hatte Elins Vater ermordet und die Karriere ihrer Mutter im Bereich der Kunstrestauration zerstört. Elin hatte genauso sehr nach Gerechtigkeit gesucht wie er.

„Ja. Der *Sammler* war eine Frau namens Diana Acton. Sie ist tot."

„Selbstmord", meinte Darcy.

Elin keuchte.

„Sie hat den Black Orlov getragen", fügte Darcy hinzu.

Layne lehnte sich vor. „Glaubst du –?"

Darcy zuckte die Achseln und entgegnete leise: „Team 52 hat die Halskette beschlagnahmt."

Hinter Elin sah Hale böse drein. „Ich mag diese Typen nicht."

Elin klopfte ihm auf die Brust. „Sie haben es in Afrika verbockt. Na und? Du musst das hinter dir lassen, Hale."

„Ich hasse sie auch", stimmte Logan zu.

Morgan verdrehte die Augen. „Du hasst alle."

„Mich nicht." Sydney grinste, und Logan hob sie von

den Füßen, um ihr einen leidenschaftlichen Kuss zu geben.

Klick.

Alastair drehte sich bei dem Geräusch um. Dani Ward schoss Fotos.

„Um das freudige Ereignis festzuhalten", erklärte die Fotografin. „Das Ende der Seidenstraße."

„Heute Abend gehen wir einen trinken!", rief Morgan.

Hinter Morgan schüttelte Zach den Kopf, doch ein Lächeln zierte sein hübsches Gesicht. „Ich bin mir ziemlich sicher, dass morgen auf dem Flug nach Hause einige einen Kater haben werden."

Darcy lächelte. „Ich kann es noch gar nicht glauben. Die Seidenstraße ist erledigt."

Alastair packte sie fester. „Glaub es."

Ihre Blicke trafen sich, und er konnte das Verlangen in sich spüren. Er hatte sie heute fast verloren und gelernt, wie viel sie ihm bedeutete.

Liebe. Die eine Sache, gegen die er sich gestählt hatte, doch Darcy Ward hatte all seine gut aufgebauten Mauern niedergerissen. Er wollte sie zurück in seine Wohnung schleppen und für sich allein haben.

Er hob sie hoch, und ihr Mund traf den seinen zu einem eifrigen Kuss.

Alastair versuchte, den Kuss nicht zu leidenschaftlich werden zu lassen, doch ihre Hände glitten in sein Haar und sie küsste ihn wild zurück.

Überall um sie herum brach Jubel und Pfeifen aus.

Er zog sich zurück. Alle grinsten sie an ... außer Dec und Cal, die beide schmerzverzerrte Mienen trugen.

Logan blickte böse drein. „Eigentlich dachte ich, dass du ihn hasst, Darcy."

Darcy fuhr mit einer Hand über Alastairs Schulter. „Ich habe meine Meinung geändert. Ich liebe ihn."

Noch mehr Jubel.

„Wird ja auch Zeit", schmunzelte Sydney.

Layne stieß Dani mit der Hüfte an. „Du schuldest mir fünfzig Mäuse."

Alastair drückte seine Lippen auf Darcys Ohr. „Ich liebe dich, Baby."

„Nun ..." Ihr Gesichtsausdruck änderte sich, und zum ersten Mal, seit er Darcy Ward kannte, wirkte sie nervös.

Sein Magen zog sich zusammen. „Was?"

Sie fummelte an den Knöpfen seines Hemds herum. „Na ja, du lebst und arbeitest in Washington, und ich lebe und arbeite in Denver ..."

Das Problem hatte Alastair bereits gründlich durchdacht. Zu sehen, wie die Frau, die er liebte, direkt vor seinen Augen gefoltert wurde, hatte seine Prioritäten eindeutig geklärt.

„Ich habe gerüchteweise gehört, dass das FBI auch ein Büro in Denver unterhält."

Sie erstarrte. „Du würdest umziehen? Für mich?"

„Für uns." Er küsste sie erneut. „Aber ja, ich würde alles für dich tun. Sogar dein System hacken, dich bestechen, damit du für mich arbeitest, damit ich dich jeden Tag sehen und in den Wahnsinn treiben kann."

Ihre Augen wurden groß. „Du bist so arrogant und nervtötend –"

Er bedeckte ihren Mund mit seinem, doch dieses Mal

konnte er den Jubel nicht hören. Für ihn gab es nur Darcy.

DARCY WÄLZTE SICH IM BETT, als das goldene Sonnenlicht von Denver durch den Rollladen schien, den sie in der gestrigen Nacht nicht ganz heruntergelassen hatte.

Warme Haut drückte sich an ihren Rücken, eine Hand glitt in ihr Höschen und streichelte sie zwischen den Beinen.

Sie stöhnte und versuchte, sich umzudrehen, damit sie Alastair ansehen konnte. Doch er hielt sie an Ort und Stelle, ihren Rücken gegen seine Brust gepresst.

„Sei vorsichtig mit deinem Bein", meinte sie.

Er küsste ihren Nacken, und seine teuflischen Finger streichelten sie weiter. „Ja, Ma'am."

Ein Monat war seit dem finalen Showdown mit Diana Acton und der Seidenstraße vergangen. Die Wunde an seinem Oberschenkel war nicht mehr so schlimm, aber noch nicht vollständig verheilt. Ihre Schnittwunden waren erst mit Schorf bedeckt gewesen und dann schließlich geheilt. Es waren Narben zurückgeblieben, doch Darcy war zu glücklich, um sich deswegen zu sorgen.

Alastair hatte einige Wochen schwer gearbeitet, um den Fall zu schließen. Das FBI – mit ein wenig Hilfe aus dem Untergrund, vermutlich durch Team 52, obwohl Alastair ihr gegenüber nichts bestätigt hatte – hatte die letzten Geschäfte des Syndikats zerschlagen. William

Acton war in Haft und würde das Sonnenlicht eine lange Zeit nicht sehen.

Diana Actons private Sammlung war gefunden worden. Einige Gegenstände waren weggeschlossen worden, andere hatte man ihren rechtmäßigen Besitzern zurückgegeben, und der Rest war einem gewissen Museum gespendet worden. Das Dashwood Museum hatte einige ausgewählte Stücke als Ersatz für den Black Orlov erhalten.

Alastair hatte sich zum FBI-Büro in Denver versetzen lassen und arbeitete immer noch für das Kunstraub-Team. Es gefiel ihm, wieder mit Elin zusammenzuarbeiten.

Seine Finger streichelten sie weiter oben, und Darcy stöhnte. Er fand ihren Kitzler, und das Verlangen überschwemmte sie. Ihre Gedanken zerstreuten sich.

Dieses Mal schubste sie ihn härter und drehte sich zu ihm um. Sie drückte ihn auf seinen Rücken und kletterte auf ihn.

„Du erholst dich noch." Sie legte ihre Beine neben seinen Hüften ab. „Ich werde die ganze Arbeit machen müssen."

Er sah sie aus halb geschlossenen Augen an, während ein Lächeln seine Lippen zierte. In letzter Zeit lächelte er ziemlich oft. „Falls du denkst, dass ich mich darüber beschwere, liegst du falsch."

Sie packte ihr T-Shirt – das eigentlich ihm gehörte – und riss es über ihren Kopf. Danach setzte sie sich schnell auf und zog ihr Höschen runter.

Er lag einfach nur ausgestreckt auf dem Bett und beobachtete sie. Die zügellose Bewunderung in seinen

Augen machte sie unfassbar an. Ihr Blick wanderte über seinen sexy Körper. Schließlich streckte sie eine Hand aus und kratzte mit ihren Nägeln über seine harten Bauchmuskeln.

All das gehört mir.

Sie hob die Hüften an und ließ sich dann auf seinem Schwanz nieder. Ein Stöhnen entwich ihr. Die Art, wie sein Schwanz sie ausfüllte, war unbeschreiblich.

„Ich habe noch nie etwas gesehen, das heißer ist –", seine Stimme war ein tiefes Knurren, „– als wenn du meinen Schwanz in deinen geilen, kleinen Körper aufnimmst."

Darcy lehnte sich vor, drückte ihre Hände auf seine Brust und begann, ihn zu reiten. Beide hatten den Gesundheitscheck hinter sich, daher nutzten sie keine Kondome mehr. Sie liebte es, dass nichts mehr zwischen ihnen war. „Alastair –"

„Schneller, Darcy." Seine Hände packten ihre Hüften.

„So herrisch."

„Du liebst das."

„So arrogant."

Seine Hand wanderte tiefer und fand ihren Kitzler. Sie unterdrückte ein Stöhnen und bewegte sich schneller.

„Warte, Darcy", befahl er. „Komm noch nicht."

Das Verlangen brannte in ihr. „Ich ... kann nicht aufhören." Ihre Erlösung kam rasant näher, und mit ihr das süße, süchtig machende Versprechen der Lust.

„Ich will, dass wir gemeinsam kommen", erklärte er. „Warte."

Sie stöhnte und sah ihn an.

Er gehörte ihr. Das war der Mann, mit dem sie alt werden würde. Der Mann, der sie für immer lieben würde. Der Mann, der sie so mit solcher Leidenschaft und Hingabe verehrte.

Und er war der Mann, den sie respektierte, und der sie trotz seiner nervigen Arroganz ebenso respektierte und liebte.

Sie war kurz davor, zu kommen. „Alastair –"

„Komm. Komm jetzt, Baby."

Darcy warf den Kopf zurück und schrie auf.

Während sie auf der Welle ihres Orgasmus ritt, hörte sie sein langes, antwortendes Stöhnen, als er kam. Sie brach auf ihm zusammen, achtete jedoch vorsichtig darauf, sein verletztes Bein nicht zu berühren. Seine Hände fuhren über ihren Rücken.

„Verdammt, ich bin so froh, dass ich dein System gehackt habe, Darcy Ward."

Sie lachte. „So nennt man das also heute?"

Seine Arme umschlangen sie fester. „Ich liebe dich."

„Ich dich auch, mein Agent *Arrogant-und-etwas-weniger-nervtötend*."

Das Lachen, das seinen Körper erschütterte, brachte sie zum Lächeln.

ALASTAIR MUSTERTE Lachlan Hunters Gesicht auf dem Bildschirm.

„Die letzten Artefakte der Seidenstraße wurden

sichergestellt", berichtete Hunter über den sicheren Kanal.

„Gut. Danke für eure Hilfe dabei. Wie gehts dem Rest deines Teams?" Alastair hatte einige merkwürdige Berichte aus LA gelesen und vermutete, dass Team 52 hingeschickt worden war, um aufzuräumen.

Ein leichtes Lächeln erhellte die Lippen des Mannes. „Beschäftigt. Und ein Mann ist im Urlaub. Flitterwochen."

Alastair lächelte. „Das kenne ich."

Hunter nickte und ein warmer Ausdruck leuchtete in seinen goldenen Augen auf. „Ich auch."

„Falls du je meine Hilfe brauchst, melde dich", meinte Alastair.

„Ebenso, Burke. Jederzeit."

Der Bildschirm wurde schwarz, und Alastair lehnte sich in seinem Stuhl zurück. Er sah zu dem Stapel Akten auf seinem Tisch. Eigentlich hatte er vor, sie schnell durchzuarbeiten und dann früh nach Hause zu fahren, um seiner Frau ein ganz besonderes Abendessen zuzubereiten.

Jemand klopfte an seine Tür, und Elin steckte ihren Kopf hinein.

„Wie gefällt dir das neue Büro?"

„Ist in Ordnung."

Die Frau lächelte. „Ich bin froh, dass du hier bist, Alastair. Obwohl Thom dich vermisst. Er schickt mir ständig traurige Mails."

„Er ist befördert worden, daher ist er viel zu beschäftigt, um mich zu vermissen." Alastair zweifelte nicht daran, dass er eines Tages noch mal mit Thom zusammenarbeiten würde.

„Und ich bin froh, dass Darcy und du endlich den wilden Paarungstanz hinter euch habt." Elin zwinkerte und ging.

Alastair schüttelte den Kopf. Er hatte einen Job, den er liebte, gute Freunde und eine neue Familie. Anfangs war er sich nicht sicher gewesen, ob es etwas Gutes sei, zwei neue Brüder zu gewinnen, doch er, Dec und Cal waren dabei, ihre Differenzen beizulegen. Die Männer gaben ihm gern Tipps, wie man mit einer verärgerten Darcy klarkam. Er lächelte. Zudem erzählten sie oft Geschichten aus ihrer Kindheit.

Aber das Beste war, dass er eine Frau gefunden hatte, die er liebte und die ihn liebte.

Sein Blick fiel auf das gerahmte Foto von ihm und seiner Mutter, das jetzt auf seinem Schreibtisch stand. Daneben befand sich eins von Darcy und ihm. Er saß auf einem Stuhl und sie lehnte sich von hinten zu ihm. Ihr Kinn ruhte auf seiner Schulter. Ein strahlendes Lächeln erhellte ihr Gesicht.

„Mir gehts gut, Mom. Es tut mir leid, dass du sie nie kennengelernt hast, aber sie ist perfekt."

„Wer ist perfekt?"

Darcys Stimme erschreckte ihn, doch er schaffte es, die Kontrolle zu behalten. Er sah zu seinem Bildschirm und erkannte ihr Gesicht darauf.

„Darcy?"

„Hallo, Mr. Heiß."

„Bitte sag mir, dass du nicht schon wieder das Computersystem des FBIs gehackt hast."

„Wer? Ich?" Sie klimperte mit den Wimpern.

Diesen unschuldigen Blick kaufte er ihr auf keinen Fall ab.

„Ich wollte nur kurz meinen *Special Agent* sehen und Hallo sagen."

Sie war so umwerfend schön, und er ein verdammt glücklicher Mistkerl. „Hi."

„Ich wollte nachfragen, ob du heute Zeit zum Mittagessen hast?", meinte sie.

Er sah zu seinem Kalender. „Ja. Ich hole dich bei THS ab."

Sie lächelte. „Perfekt." Leise fügte sie hinzu: „Und du musst etwas Besonderes für mich mitbringen."

Ihr verführerischer Tonfall sorgte dafür, dass sich ein köstliches Ziehen in seinen Lenden ausbreitete. „Alles, was du willst."

„Kannst du mir bitte einen Vanille-Latte besorgen? Extra stark." Sie zwinkerte, und der Bildschirm ging aus.

Alastair saß einfach nur grinsend da.

Eine Stunde später parkte er vor dem umgebauten Lagerhaus, in dem sich die Büros von THS befanden. Er nahm die zwei Papptabletts mit Kaffee, die er aus Darcys Lieblingscoffeeshop besorgt hatte, und ging zur Eingangstür.

„Hallo."

Oliver Ward stand auf der Eingangstreppe.

„Professor." Alastair versuchte, nicht verlegen zu wirken, aber er schlief immerhin mit der Tochter dieses Mannes.

„Ach bitte, Oliver reicht."

„Cappuccino?" Alastair hielt ihm ein Papptablett hin. „Ich habe ein paar mehr mitgebracht."

Oliver nahm sich einen. „Offensichtlich kennst du meine Tochter gut."

Gemeinsam gingen sie hinein, und der Klang lauter Stimmen erreichte ihn. Darcy und Dec stritten miteinander.

„Es ist ein gut bezahlter Job, Dec."

„Es klingt langweilig, Darce. Auf die Juwelen einer alten, reichen Dame aufpassen – echt jetzt?" Dec gab ein würgendes Geräusch von sich.

„Tut mir leid, dass es für dich ehemaligen Navy SEAL nicht aufregend genug ist, aber wir haben Rechnungen zu bezahlen."

Alastair trat zwischen sie. „Kaffee?"

„Babe." Darcy eilte mit klackernden Absätzen zu ihm.

Er hielt ihren Latte hoch, senkte jedoch den Arm, als sie nach ihm griff. „Erst einen Kuss."

Sie warf ihre Arme um seinen Nacken und drückte ihre Lippen auf seine. Dabei nahm sie sich viel Zeit, ihn ausgiebig zu küssen.

„Gott." Dec starrte zur Decke.

„Finde dich damit ab, Bruderherz", meinte Darcy. „Wenn wir mit den Mädels ausgehen, muss ich deiner Frau auch dabei zuhören, wie sie deine Ausdauer lobt."

Laynes Wangen wurden feuerrot.

Darcy sah zufrieden mit sich aus, als sie sich wieder Alastair zuwandte. „Wie war dein Morgen, Special Agent Burke?"

„Brillant."

Ihre Gesichtszüge wurden weicher. „Bist du glücklich?"

„Ja."

„Kann ich jetzt meinen Latte haben?"

Sein Blick fiel auf den Becher, und plötzlich wurde er nervös. „Nun ..."

Die Eingangstür wurde geöffnet. Darcy, die jetzt abgelenkt war, eilte an ihm vorbei und lächelte den Mann an, der hereinkam.

„Willkommen bei Treasure Hunter Security. Ich bin Darcy."

„Darcy Ward?" Der Mann, der etwa Anfang Vierzig war, schütteres Haar hatte und einen teuren Anzug trug, stand im Eingangsbereich, verborgen von den Blicken der anderen THS-Mitarbeiter. Sein Blick fiel auf Alastair und fokussierte sich dann auf Darcy.

Alastair entschied sofort, dass er den Mann nicht mochte.

Sie trat noch einen Schritt vor. „Ja."

Der Typ hielt eine Waffe hoch und zielte auf sie.

Alastair erstarrte. Er trat einen Schritt zurück und gab Dec ein Signal, der sofort in Angriffsstellung ging. Der Rest des THS-Teams spannte sich an und zog die Waffen.

„Mein Name ist Donald Simmons." Die Stimme des Mannes war hart und ernst. „Ich übernehme die Geschäfte der Seidenstraße und brauche ein paar Informationen."

Darcy knickte die Hüfte ein. „Ach wirklich?"

Sie zeigte keine Spur von Angst. Das war seine Darcy. „Babe –", warnte Alastair.

Sie wedelte mit der Hand in seine Richtung und starrte Simmons weiterhin an. „Sie denken also, dass Sie einfach den Platz der Seidenstraße einnehmen können, jetzt, wo sie zerschlagen wurde? Wollen Sie ein wenig Geld damit machen, sich wie ein Arschloch zu verhalten und Antiquitäten zu stehlen?"

Die buschigen Brauen des Mannes zogen sich zusammen. „Genau. Ich will alle Informationen, die Sie über die Schätze haben. Die wertvollen."

„Nein."

„Nein?" Das Gesicht des Mannes wurde langsam rot.

„Ich will meinen Latte trinken und mit meinem Mann zu Mittag essen." Sie deutete auf Alastair. „Meinem heißen *FBI Special Agent* Mann."

Simmons Augen wurden groß und sahen zu Alastair.

Alastair konnte spüren, wie einige Leute hinter ihn traten.

Darcy machte einen Schritt nach vorn, und ihr Haar wirbelte umher. „Ach, und hinter ihm stehen auch noch meine beiden Brüder. Ehemalige Navy SEALs."

Jetzt wurde Simmons blass.

Noch mehr Bewegung. „Und dahinter stehen meine Freunde und Mitarbeiter. Ebenfalls ehemalige Navy SEALs. Außer Morgan, sie ist einfach eine knallharte Frau."

Morgan lächelte und salutierte dem Mann mit zwei Fingern.

Simmons war mittlerweile kreidebleich, und die Waffe zitterte in seinen Händen.

Darcy reagierte blitzschnell und schlug sie ihm aus

den Händen. Dec und Cal stürmten zu ihnen und brachten den Mann flink zu Boden.

Darcy drehte sich um und lächelte Alastair an. „Kaffee, sofort."

Er reichte ihn ihr.

Alastair wusste, dass es immer eine Art von Drama oder Abenteuer geben würde, solange Darcy in seinem Leben war. Trotzdem konnte er es kaum erwarten, mit ihr alt zu werden.

Sie schüttelte den Becher. „Der ist leer." Sie runzelte die Stirn. „Irgendetwas scheint da drin zu sein."

„Mach ihn auf", schlug er vor.

Sie hob eine Braue und zog den Deckel ab. Ihr Mund stand offen. Sie streckte die Hand hinein und holte einen Diamantring heraus. Er war schlicht und doch elegant – ein Ring aus Platin mit einem einzigen, großen Stein im Prinzessinnenschliff.

Ihr Blick traf den seinen. „Alastair."

„Heirate mich, Darcy Ward." Er nahm ihre Hand. „Bau dir ein Leben mit mir auf. Für immer."

Er nahm den Ring aus ihren leicht zitternden Fingern und hob ihre linke Hand an.

Ihre Augen schimmerten. „Ja, mein Agent *Arrogant-und-Nervtötend*. Ich werde dich heiraten."

Mit vor Freude geschwollener Brust steckte Alastair ihr den Ring an den Finger, bevor er sie zu sich zog, sie zurücklehnte und küsste.

Um sie herum klatschten und jubelten ihre Familie und Freunde. Außer Dec und Cal.

„Scheiße", murmelte Dec.

„Mist", grummelte Cal.

Doch beide Brüder lächelten.

EPILOG

Darcy nippte an ihrem Champagner, während Logan sich über seinen Smoking beschwerte. Schon wieder.

„Das reicht jetzt, Mr. Griesgram." Sydney schlug ihm auf den Arm. „Halte lieber mal deine Tochter." Sie reichte ihm das Baby.

Logan legte seine vier Monate alte, schlafende Tochter gekonnt in die Beuge seines kräftigen Arms.

Gott, der Ausdruck in seinem Gesicht. Darcy hatte nie gedacht, dass der raue, taffe Logan O'Connor noch vernarrter aussehen könnte, als wenn er seine Frau ansah. Doch immer, wenn dieser Mann in der Nähe seiner Tochter Hanna war, schmolz der Kerl einfach dahin.

„Wie gehts der umwerfenden Braut?" Dani lehnte sich vor und stieß ihr Glas gegen Darcys. Danis eigenes Glas war mit einer sprudelnden Saftmischung gefüllt, da sich unter ihrem blauen Kleid ein Babybäuchlein zeigte.

„Wunderbar." Darcy fuhr mit einer Hand über ihr glattes, trägerloses Kleid von Vera Wang.

„Und du bist wunderschön", seufzte Dani.

„Danke. Wo ist deine Kamera?"

Dani rümpfte die Nase. „Mein Ehemann hat sie konfisziert."

Sie sahen gemeinsam durch den Raum zu Cal. Er stand neben Dec – ihre beiden Brüder sahen in ihren Smokings unglaublich gut aus. Genau wie ihr Ehemann.

Ihr Ehemann. Darcys Blick klebte an Alastair. Gott, sie würde es nie leid werden, diesen Mann anzustarren. Er war immer noch kantig und ernst, aber er lächelte jetzt viel mehr.

Gerade war er in ein Gespräch mit ihren beiden Brüdern vertieft.

„Sieht so aus, als würden deine Brüder versuchen, deinen Mann vom FBI wegzulocken, damit er für THS arbeitet", meinte Dani. „Mal wieder."

Darcy lächelte. Sehr zu aller Belustigung und wenig überraschend, waren sich ihre Brüder und Alastair in den letzten anderthalb Jahren nähergekommen und Freunde geworden.

„Meine Füße bringen mich um", stöhnte eine weibliche Stimme.

Darcy sah auf. Sloan sah in ihrem blaugrauen Brautjungfernkleid atemberaubend aus. Ein genauso atemberaubender Smaragdverlobungsring glänzte an ihrem Finger.

„Aber du siehst perfekt aus. Gönn dir noch einen Drink." Darcy drückte ihrer Freundin ein neues Glas Champagner in die Hand.

Zach und Morgan wirbelten über die Tanzfläche und an ihnen vorbei. Während Darcy sie beobachtete, stieß das lachende Paar gegen Hale und Elin, die ebenfalls am Grooven waren. Hale und Elin steckten mitten in den Hochzeitsvorbereitungen. Morgan hingegen hatte verkündet, dass sie kein Problem damit hatte, heißen, unverheirateten Sex mit ihrem scharfen, sexy Professor zu haben und sie nicht vorhatte, eine gute Beziehung durch eine Heirat zu ruinieren.

Darcys Eltern tanzten als Nächstes vorbei, ihre Bewegungen waren perfekt synchron. Ihr Herz war zum Bersten gefüllt. Jetzt, da sie Alastair hatte, verstand sie ihre Liebe besser. Sie wusste, dass sie sich eines Tages in den starken Armen ihres Mannes drehen würde, wenn sie auf den Hochzeiten ihrer Kinder tanzten. Sie hoffte, dass Alastair sie dann immer noch so ansah wie ihr Vater ihre Mutter.

Ronin und Peri tauchten auf. Peris kupferfarbenes Haar war zerzaust.

„Hey", sagte die Frau.

Darcy versuchte, ihr Lachen zu unterdrücken.

„O mein Gott." Dani schüttelte den Kopf und grinste. „Sagt mir bitte nicht, dass ihr beide gerade heißen Hochzeitsfeier-Empfangs-Sex hattet."

Ronins Gesichtsausdruck blieb neutral. Der Mann hatte das beste Pokerface, das Darcy je gesehen hatte.

Peris Wangen wurden flammend rot und ihre Lippen zuckten. „Vielleicht."

Plötzlich sah Darcy auf der anderen Seite der Tanzfläche eine aufgeregt aussehende Layne durch die Menge laufen. „Emmy, nein!"

Darcy sah nach unten und entdeckte ihre kleine Nichte, die ein pinkes Rüschenkleid trug und in Lichtgeschwindigkeit auf die Tanzfläche krabbelte.

Sie keuchte auf. Niemals würden die Tänzer das acht Monate alte Baby rechtzeitig auf dem Boden bemerken. Es bestand die Gefahr, dass sie niedergetrampelt wurde.

Der väterliche Instinkt meldete sich. Dec erstarrte und hob den Kopf. Er entdeckte sein kostbares kleines Mädchen, aber er war zu weit weg, um es rechtzeitig zu erreichen.

Darcy war bereits in Bewegung, aber sie wusste, dass sie es nicht schaffen würde, bevor jemand das kleine Mädchen überrannte.

Alastair war der Tanzfläche am nächsten. Er tauchte ab, rutschte über den Boden und nahm das Kind in seine Arme. Ein paar erschrockene Tänzer stolperten aus dem Weg. Alastair und Emmy rutschten noch ein paar Meter weiter, bevor sie zum Stehen kamen.

Emmy schenkte ihrem neuen Onkel ein glückliches Grinsen, bei dem zwei winzige Milchzähne zu sehen waren, und klatschte vor Freude in die Hände.

„Du musst aufpassen, Prinzessin", grinste Alastair zurück und fuhr mit einer Hand durch ihr seidiges Haar.

Darcy lächelte. Ihr Ehemann war völlig vernarrt in Laynes und Decs Kind. Es fiel ihr verdammt leicht, sich vorzustellen, wie er seine eigene Tochter in den Händen wiegte. *Eines Tages.*

Er stand auf und übergab das Mädchen seinem Vater, bevor seine grünen Augen Darcy ansahen.

Ohne auf die anderen Tänzer zu achten, schritt er auf sie zu. „Hallo, Mrs. Burke."

Sie erschauderte. Gott, sie *liebte* es, das zu hören. „Hallo, Special Agent Burke. Du rettest auf Schritt und Tritt kleine Damen in Not, nicht wahr?"

„Das gehört alles zum Job, Ma'am." Er zwinkerte ihr zu. „Möchtest du tanzen?"

„Ja." Sie nahm die Hand ihres Mannes in ihre. Der Mann, der sie herausforderte, unterstützte und liebte – jede Sekunde eines jeden Tages.

Er legte seine Arme um sie und gemeinsam bewegten sie sich in perfekter Harmonie über die Tanzfläche. Und Darcy wusste, dass sie nirgendwo anders sein wollte.

Ich hoffe, dir hat die Geschichte von Darcy und Alastair gefallen!

Halte Ausschau nach dem ersten Buch von Team 52, Mission: Ihre Rettung - kommt 2025. **Lies weiter und erhalte einen Vorgeschmack auf das erste Kapitel.**

Verpasse nichts! Für Informationen über Neuerscheinungen, kostenlose Bücher und andere

Geschenke, melde dich für meine VIP-Mailingliste an und erhalte deine kostenlose Bücherbox, bestehend aus drei englischen Liebesromanen, in denen es auch an Action nicht fehlt.

Hier klicken und anmelden: www.annahackett.com

Would you like a FREE BOX SET of my books?

VORGESCHMACK - MISSION: IHRE RETTUNG

E s war ein wunderschöner Tag – zehn Grad unter dem Gefrierpunkt und Eis, soweit das Auge reichte.

Dr. Rowan Schafer zog an der fellbesetzten Kapuze ihres Winterparkas und blickte zur unnachgiebigen Landschaft von Ellesmere Island, der nördlichsten Insel Kanadas. Der nördliche Polarkreis lag etwa zweitausend-vierhundert Kilometer gen Süden. Große Flächen der Insel waren von Gletschern und Eis bedeckt.

Rowan atmete die frische, eiskalte Luft ein. Es gab keinen Ort, an dem sie lieber wäre.

Mit ihrer kleinen Spitzhacke in der Hand trat sie näher an die Wand aus Gletschereis vor ihr heran. Der sich zurückbildende Gilman-Gletscher erwies sich als faszinierender Forschungsort. Ihr multidisziplinäres Team aus Hydrologen, Glaziologen, Geophysikern, Botanikern und Klimawissenschaftlern war mehr als bereit, der Kälte zu trotzen, um ihre vielfältigen Forschungsprojekte durchzuführen. Sie begann erneut, das Eis abzutragen, um nach interessanten Proben zu suchen.

„Rowan."

Die Forscherin drehte sich um und bemerkte, dass eines ihrer Teammitglieder auf sie zukam. Dr. Isabel Silvas, deren Parka ebenso rot war wie die der übrigen Teammitglieder, trug eine auffällig pinke Wollmütze auf ihrem schwarzen Haar. Rowan war sich der Tatsache bewusst, dass die aus Brasilien stammende Paläobotanikerin die Kälte natürlich nicht mochte.

„Was gibts Neues, Isabel?", fragte Rowan.

„Der Schlitten am Schneemobil ist fast voll mit Proben." Die Frau gestikulierte lebhaft mit ihrer Hand in der Luft, wie sie es immer tat, wenn sie sprach. „Du hättest die Moos- und Flechtenproben sehen sollen, die ich gefunden habe. Im Bereich 3–41 gab es unzählige davon. Ich kann es gar nicht *erwarten*, mit den Tests zu beginnen." Sie erschauderte. „Und aus dieser verdammten Kälte rauszukommen."

Rowan unterdrückte ein Lächeln. Wissenschaftler. Zwar hatte sie auch einen Abschluss in Hydrologie und Biologie sowie ein Vordiplom in Paläontologie, was ihre sehr akademisch geprägten Eltern schockiert hatte, aber auf dieser Expedition war sie die Leiterin. Sie sorgte dafür, dass ihr Team von vierzehn Leuten Nahrung und Kleidung hatte – und vor allem am Leben blieb.

„Okay, du und Dr. Fournier könnt mit den Proben

zurück zur Basis fahren. Danach kommt ihr wieder her und sammelt mich und Dr. Jensen ein."

Isabel lächelte. „Du weißt schon, dass Lars auf dich steht?"

Dr. Lars Jensen war ein brillanter, junger Geophysiker. Und ja, Rowan hatte seine nicht wirklich subtilen Versuche, sie zu einem Date einzuladen, bemerkt.

„Ich bin nicht hier, um Dates an Land zu ziehen."

„Aber er ist irgendwie süß." Isabel grinste und zwinkerte. „Auf eine nerdige Art und Weise."

Rowans Lippen wurden schmal. Lars war vor allem einige Jahre jünger als sie und interessierte sie kein bisschen, ganz egal, wie süß er war. Außerdem hatte sie es satt, dass Leute sie verkuppeln wollten. Ihre Mutter versuchte immer, ihr diverse, *passende* Männer anzudrehen – Männer mit den richtigen Referenzen, den besten Abschlüssen und angesehenen Berufen. Weder ihre Mutter noch ihr Vater interessierten sich für Liebe oder Leidenschaft, für sie zählte nur, wie viele Dissertationen und Doktortitel jemand vorweisen konnte. Das galt auch für ihre Tochter.

Sie atmete tief ein. Deswegen hatte sie sich für diese Expedition beworben – sie war ihre Chance, dem Ganzen zu entkommen und ein Abenteuer zu erleben. „Mach die Proben fertig, Isabel, dann –"

Rufe vom unteren Ende des Gletschers sorgten dafür, dass beide Frauen herumwirbelten. Zwei weitere Wissenschaftler, deren rote Parkas im weißen Eis hervorstachen, wedelten mit den Armen.

„Was haben die wohl gefunden?" Rowan ging vorsichtig den eisbedeckten Hügel hinunter.

Isabel folgte ihr. „Vielleicht die Überreste eines Mammuts oder eines Mastodons. Ehrlich, die Jungs finden die seltsamsten Dinge geil."

Vorsichtig kraxelten sie weiter, damit sie auf der eisigen Oberfläche nicht ausrutschten, und erreichten schließlich die Männer.

„Dr. Schafer, das müsst ihr beide euch ansehen." Lars' blaue Augen strahlten und seine Nase war vor Kälte gerötet.

Sie bückte sich neben Dr. Marc Fournier. „Was habt ihr gefunden?"

Der ältere Hydrologe kratzte vorsichtig mit seiner Spitzhacke am Eis. „Ich weiß es nicht." In seiner Stimme schwang sein französischer Akzent mit.

Rowan musterte die Entdeckung. Das runde Objekt, das im Eis steckte, war etwa so groß wie ihre Handfläche. Es hatte eine mattgraue Farbe und ragte nur am Rand aus dem Eis heraus, was an den steigenden Temperaturen lag, die den Gletscher langsam schmelzen ließen.

Sie berührte das Ende mit ihrer Hand, die in einem Handschuh steckte. „Das ist weder aus Holz noch eine Pflanze."

„Vielleicht ist es aus Stein?" Marc tippte es sachte mit seiner Hacke an, und es gab ein metallisches Echo von sich.

Rowan blinzelte. „Das kann doch kein Metall sein."

„Das Eis in der Gegend ist etwa fünftausend Jahre alt", entgegnete Lars.

Rowan stand auf. „Befreien wir es aus seinem Eisgefängnis."

Mit verschränkten Armen beobachtete sie, wie die

Wissenschaftler vorsichtig das Eis von dem Objekt entfernten. Sie wusste, dass die Fjorde des Hazen-Plateaus vor mehreren tausend Jahren von der geheimnisvollen und wenig verstandenen Prä-Dorset-Kultur und Dorset-Kultur besiedelt gewesen waren. Diese Stämme hatten ihr Zuhause in der Arktis aufgebaut, gejagt und simple Werkzeuge benutzt. Die Dorset waren verschwunden, als die Thule – die Vorfahren der Inuit – viel später hier angekommen waren. Selbst die nordischen Wikinger hatten einst Siedlungen auf Ellesmere und im benachbarten Grönland gegründet.

Die meisten dieser Siedlungen hatten sich in Küstennähe befunden. Während sie das Eis um sich herum betrachtete, dachte sie darüber nach, wie unwahrscheinlich es schien, dass es hier einst Siedlungen gegeben hatte. Vor allem keine, in denen Metall verarbeitet worden war. Die ersten Menschen, die auf Ellesmere heimisch gewesen waren, hatten Meeressäugetiere wie Robben oder Landsäugetiere wie Karibus gejagt.

Aber sie war immer noch Wissenschaftlerin und wusste, dass sie keine Vermutungen anstellen sollte, ohne zuerst alle Fakten zusammenzutragen. Ihr Bohrteam, das sich weiter oben auf dem Eis befand, entnahm Eiskernproben. Ihre Untersuchungen zeigten, dass die Temperaturen hier vor etwa fünftausend Jahren wärmer gewesen waren als heutzutage. Das bedeutete, dass sich das Eis und die Gletscher auf der Insel damals ebenfalls zurückgebildet und die Menschen sich möglicherweise weiter nördlich niedergelassen hatten, als bisher angenommen.

Marc zog das Objekt mit vorsichtigen Bewegungen

frei. Es war immer noch von einer dünnen Eisschicht bedeckt.

„Sind das Gravuren?", fragte Isabel atemlos.

Tatsächlich sah es ganz danach aus. Rowan untersuchte die Kratzer auf der Oberfläche des Gegenstandes. Sie sahen aus, als könnten sie eine Art Schrift oder Glyphen sein, aber falls das der Fall war, waren sie anders als alles, was sie je zuvor gesehen hatte.

Lars runzelte die Stirn. „Ich weiß nicht. Es könnte sich um natürliche Riefen oder Erosionsrillen handeln."

Rowan strich sich ein paar widerspenstige Strähnen ihres dunkelroten Haares aus dem Gesicht. „Da keiner von uns Archäologie studiert hat, brauchen wir wohl einen Experten, der sich das mal ansieht."

„Das ist bestimmt um die fünftausend Jahre alt", fügte Isabel hinzu. „Wenn es von Menschenhand hergestellt und mit Schriftzeichen verziert wurde, dann wird es alle bisherigen historischen Theorien über den Haufen werfen."

„Lassen wir uns nicht zu voreiligen Schlüssen hinreißen", meinte Rowan ruhig. „Erst muss sich das jemand ansehen. Es könnte sich tatsächlich um natürliche Spuren handeln."

„Oder außerirdische", mischte Lars sich ein.

Alle starrten den jungen Mann an.

Er zuckte mit den Achseln, während seine Wangen rot wurden. „Ich meine ja nur. Die Chancen stehen gut, dass wir in diesem Universum nicht allein sind. Wenn –"

„Genug." Rowan stand auf, weil sie wusste, dass man Lars kaum noch von einem Thema abbringen konnte, wenn er einmal angefangen hatte, darüber zu philosophieren. „Packt es ein, bringt es zur Basis und verstaut es mit dem Rest der Proben. Ich rufe ein paar Leute an.“ Tatsächlich fiel es ihr unendlich schwer, das Objekt zur Seite zu legen, aber dieses Mysterium war nicht ihre höchste Priorität. Sie mussten gefrorene Pflanzen- und Saatgutproben sowie Eisproben in ihre Forschungslabore zurückbringen.

Rowans Forschungsinstinkt schien zu erwachen, weil sie das Geheimnis lüften wollte. Gott, falls sie wirklich etwas entdeckt hatte, das die Geschichtstheorien auf den Prüfstand stellte, würde das ihre Eltern völlig schockieren. Archäologie hatte sie immer fasziniert, aber als sie das ihren Eltern gestanden hatte, waren beide fast an einem Herzinfarkt gestorben. Im Stillen hatten sie andere Möglichkeiten für sie organisiert, und ehe sie sich versah, hatte sie schon Hydrologie und Biologie studiert. Sie schaffte es immerhin, ihr Paläontologiestudium heimlich nebenbei zu absolvieren.

Dr. Arthur Caswell und Dr. Kathleen Schafer erwarteten von ihrem einzigen Spross nichts Geringeres als Perfektion. Selbst nach ihrer emotionslosen Scheidung hatten sie erwartet, dass Rowan genau das tat, was sie von ihr wollten.

Rowan hatte schon vor langer Zeit erkannt, dass nichts, was sie jemals tat, ihre Eltern dauerhaft zufriedenstellen würde.

Sie atmete tief aus. Es hatte einer schmerzhaften Kindheit bedurft, in der sie vergeblich versucht hatte, die Liebe und Zuneigung ihrer Eltern zu gewinnen, um das zu erkennen. Sie waren einfach zu sehr in ihre eigene Arbeit und ihr eigenes Leben vertieft.

Reiß dich zusammen, Rowan. Niemand hatte sie je misshandelt und sie hatte eine ausgezeichnete Bildung genossen. Ihre Arbeit machte ihr Spaß, sie hatte interessante Kollegen, und vieles, wofür sie dankbar sein konnte.

Die Forscherin beobachtete, wie ihr Team die letzten Proben auf den Schlitten lud. Sie schaute zum südlichen Horizont und betrachtete die Wolkenbänke in der Ferne. Auf Ellesmere fiel nicht viel Niederschlag, was bedeutete, dass es wenig Schnee, aber viel Eis gab. Trotzdem sah es so aus, als würde sich schlechtes Wetter zusammenbrauen und sie wollte, dass alle sicher zur Basis zurückkehrten.

„Okay, das reicht für heute. Fahren wir zurück zur Basis und genehmigen uns heiße Schokolade und Kaffee."

Isabel verdrehte die Augen. „Du und heiße Schokolade."

Rowan würde sich nicht für ihre Sucht rechtfertigen oder für die Tatsache, dass ihr halber Koffer mit einem Vorrat an qualitativ hochwertiger Schokolade beladen gewesen war –Milchschokolade, Zartbitterschokolade, Pulverschokolade und ihre preisgekrönte Kuvertüre.

„Ich könnte etwas Wärmeres vertragen", meinte Lars.

Niemand beschwerte sich darüber, dass sie aufbrachen. Auf dem Eis zu arbeiten war bitterkalt, selbst im September. Der letzte warme Hauch des Sommers lag hinter ihnen.

Rowan stieg auf ein Schneemobil und nahm flink ihr Walkie-Talkie zur Hand. „Hazen Team zwei, hier ist

Hazen Team eins. Wir fahren jetzt zur Basis. Bitte kommen."

Einige Sekunden später knirschte das Gerät. „Verstanden, Hazen eins. Rowan, wir können die Wolken auch sehen und verlassen jetzt den Bohrbereich."

Dr. Samuel Malu war so beständig und verlässlich wie der Sonnenaufgang.

„Dann sehen wir uns Zuhause", antwortete sie.

Marc kletterte auf das zweite Schneemobil und Lars setzte sich hinter ihn. Rowan wartete mit dem Einschalten des Motors, bis Isabel hinter ihr Platz genommen hatte. Beide zogen ihre Schutzbrillen an.

Bis zur Basis war es nicht weit, und das Camp kam schnell in Sicht. Sieben große, temporäre Polarkuppeln aus hochisolierenden Hightech-Materialien waren mit kurzen, überdachten Tunneln miteinander verbunden und bildeten das mehrteilige Kuppellager. Die Kuppeln beherbergten die Wohnräume, die Küche, den Aufenthaltsraum und die Labore. In einer Kuppel befanden sich Rowans Büro, der Kommunikationsraum und das Lager. Dank der Hightech-Isolierung waren sie leicht zu beheizen und ließen sich relativ einfach aufbauen und transportieren. Die Konstruktionen waren für die Dauer der siebenmonatigen Expedition gebaut worden.

Die beiden Schneemobile rauschten nahe an die größte Kuppel heran und hielten an.

„Okay, alle Proben und Präparate müssen ins Labor", erklärte Rowan, nachdem sie abgestiegen war, und öffnete die Tür, die nach drinnen führte. Sie beobachtete, wie Lars vorsichtig ein Tablett in die Hand nahm und hineineilte. Isabel und Marc folgten mit weiteren.

Rowan trat hinein und genoss die wohlige Wärme, die sie begrüßte. Die kleine Küche befand sich am hinteren Ende des Aufenthaltsraums, und im Zentrum der Kuppel standen einige Tische, Stühle und Sofas.

Schnell zog sie den Reißverschluss ihres Parkas herunter, legte ihn ab und hängte ihn neben die anderen roten Jacken nahe der Tür. Als Nächstes schlüpfte sie aus ihren schweren Stiefeln und zog die Turnschuhe an, die sie drinnen trug.

Ein plötzlicher Tumult aus dem angrenzenden Tunnel ließ sie die Stirn runzeln. *Was ist denn jetzt los?*

Eine junge Frau rannte aus dem Tunnel. Sie trug normale Kleidung und ihr blondes Haar war zu einem hohen Pferdeschwanz zusammengebunden. Emily Wood, ihre Praktikantin, war eine Studentin der University of British Columbia in Vancouver. Sie übernahm alle weniger glamourösen Aufgaben, wie das Erfassen und Beschriften der Proben, damit sich die Wissenschaftler auf ihre Forschung konzentrieren konnten.

„Rowan, du musst sofort mitkommen!"

„Emily? Was ist denn los?" Besorgt packte Rowan die Schulter der Frau. Sie zitterte förmlich. „Bist du verletzt?"

Emily schüttelte den Kopf. „Du musst mit ins Labor in Kuppel 1 kommen." Sie schnappte sich Rowans Hand und zog sie in den Tunnel. „Es ist *unglaublich*."

Die Wissenschaftlerin folgte ihr. „Sag mir, was –"

„Nein. Du musst es mit eigenen Augen sehen."

Wenige Sekunden später betraten sie die Laborkuppel. Die Temperatur war angenehm, doch Rowan war jetzt schon heiß. Sie musste ihren Pullover ausziehen, bevor sie zu schwitzen anfing. Ihr Blick fiel auf Isabel und eine andere Botanikerin, Dr. Amara Taylor, die auf die zentrale Werkbank starrten.

„Okay, was ist denn die große Überraschung?" Rowan ging in den Raum hinein.

Emily zog sie näher heran. „Sieh doch!" Sie machte eine schwungvolle Handbewegung.

Auf der Werkbank standen eine Reihe von Petrischalen und Probenbehältern. Emily hatte alle Samen und gefrorenen Pflanzen, die sie aus dem Gletscher entnommen hatten, katalogisiert.

„Das sind die Proben, die wir an unserem ersten Tag gesammelt haben." Sie deutete auf das andere Ende der Werkbank. „Einige habe ich komplett aufgetaut und für Dr. Taylor vorbereitet, damit sie sie analysieren kann."

Amara sah sie aus ihren dunklen Augen an. Die Botanikerin war ein wenig älter als Rowan, hatte dunkle Haut und langes, dunkles Haar, das hochgesteckt war. „Diese Pflanzen sind fünftausend Jahre alt."

Rowan zog die Brauen zusammen und beugte sich näher, bevor sie keuchte. „O mein Gott."

Aus den Pflanzen sprossen neue, grüne Triebe.

„Sie sind wieder zum Leben erwacht." Emilys Stimme war atemlos.

DAS KLIRREN von Silberbesteck und aufgeregte Gespräche erfüllten die Kuppel. Rowan stach auf einen Fleischklumpen in ihrem Eintopf ein und betrachtete ihn mit einer Grimasse. Sie liebte gutes Essen und hasste das

Zeug, das sie auf Expeditionen erwartete. Schnell schnappte sie sich ihren Becher – süße, reichhaltige heiße Schokolade.

Sie hatte sie aus ihrem Vorrat mit der perfekten Menge Kakao zubereitet. Die beste heiße Schokolade bestand zu mindestens sechzig Prozent aus Kakao, aber keinesfalls zu mehr als achtzig.

Gegenüber von ihr schauten Lars und Isabel nicht einmal auf ihr Essen oder ihr Getränk.

„Fünftausend Jahre!" Isabel schüttelte den Kopf und ihr dunkles Haar fiel über ihre Schultern. „Diese Pflanzen sind Jahrtausende alt und erneut zum Leben erwacht."

„Unglaublich", erwiderte Lars. „Vor ein paar Jahren hat ein Team südlich von hier am Teardrop-Gletscher beim Sverdrup-Pass Moos wieder zum Leben erweckt ... aber das war erst ein paar hundert Jahre alt."

Isabel und Lars klatschten ab.

Rowan aß noch einen Bissen ihres Eintopfs. „Russische Wissenschaftler haben Samen regeneriert, die in einem Eichhörnchenbau im sibirischen Permafrost gefunden wurden."

„Pffft", schnaubte Lars. „Unsere Entdeckung ist trotzdem cooler."

„Sie haben es geschafft, dass die Pflanze erneut blühte und fruchtbar war", fuhr Rowan milde fort. „Die Samen waren zweiundreißigtausend Jahre alt."

Isabel zog eine Grimasse und Lars wirkte enttäuscht.

„Und ich glaube, sie arbeiten aktuell daran, vierzigtausend Jahre alte Fadenwürmer wiederzubeleben."

Ihre beiden Teammitglieder schmollten.

ANNA HACKETT

Rowan lächelte und schüttelte den Kopf. „Aber eine fünftausend Jahre alte Pflanze ist auch nicht von schlechten Eltern. Außerdem brauchten die russischen Pflanzen viel menschliche Einmischung, damit man sie überreden konnte, ins Leben zurückzukehren."

Lars strahlte wieder. „Wir haben unsere nur aufgetaut und gegossen."

Die Expeditionsleiterin aß weiter und lauschte dem Gespräch. Die anderen philosophierten darüber, welches andere uralte Pflanzenleben sie in dem Gletschereis finden würden.

„Was, wenn wir ein eingefrorenes Mammut finden?", schlug Lars vor.

„Nein, einen eingefrorenen Gletschermann", meinte Isabel.

„Wie Ötzi", mischte sich Rowan ein. „Er war über fünftausend Jahre alt und wurde in den Alpen gefunden. An der Grenze zwischen Italien und Österreich."

Amara kam zu ihnen und stellte ihr Tablett ab. „Überall auf dem Planeten bilden sich die Gletscher zurück. Ich kenne einen Kollegen, der in einem Gletscher der Schweizer Alpen einige römische Artefakte entdeckt hat."

Isabel lehnte sich in ihrem Stuhl zurück. „Vielleicht finden wir die Quelle der ewigen Jugend? Vielleicht könnte in diesen Pflanzen, die wir entdecken, etwas enthalten sein, das dem Altern trotzt oder Krebs heilt."

Rowan hob eine Augenbraue und unterdrückte ein Lächeln. Die Regeneration der Pflanzen faszinierte sie genauso wie die anderen. Aber ihre Gedanken drehten sich immer noch um das jetzt vergessene mysteriöse

Objekt, das sie im Eis gefunden hatten. Tatsächlich hatte sie einige Fotos von ihm und den Gravuren gemacht, und sie wollte sie unbedingt erneut betrachten.

„Ich werde mir noch mal das metallische Objekt ansehen, das wir gefunden haben", erklärte Lars und stopfte sich noch ein wenig Eintopf in den Mund.

„Willst du nach Nachrichten von Außerirdischen suchen?", neckte ihn Isabel.

Lars rümpfte die Nase und starrte Rowan an. „Willst du mitmachen?"

Die Versuchung war groß, aber auf ihrem Schreibtisch stapelte sich ein Haufen Arbeit. Das Wichtigste waren die Vorratslisten für die nächste Lieferung. Sie würde ihre Fotos an einen befreundeten Archäologen in Harvard schicken und dann den Rest des Abends damit verbringen, ihre To-do-Liste abzuarbeiten.

„Heute Abend kann ich nicht. Die Pflicht ruft." Rowan schob ihren Stuhl zurück und nahm ihr Tablet in die Hand. „Ich werde meinen Nachtisch im Büro essen und dabei ein wenig arbeiten."

„Du meinst deine köstliche Schokolade, die du mit Argusaugen bewachst", stellte Isabel fest.

Die Expeditionsleiterin lächelte. „Ich verspreche, dass ich morgen etwas Leckeres zubereiten werde."

„Deine Brownies", forderte Lars.

„Schokoladenüberzogene Pralinen", seufzte Isabel, fast lauter als Lars.

Rowan schüttelte den Kopf. Ihre Schokoladenkreationen genossen so langsam aber sicher einen hervorragenden Ruf. „Es wird eine Überraschung. Falls ihr mich braucht, wisst ihr, wo ihr mich findet."

„Bis dann, Rowan."

„Bis später."

Sie stellte das Tablett auf den Wagen und kratzte ihren Teller leer. Es gab einen Dienstplan für den Koch- und Putzdienst, und glücklicherweise war sie heute Abend nicht an der Reihe. Mit hochgezogenen Brauen ignorierte sie die ausgetrocknet aussehenden Schoko- kekse und freute sich auf die Tafel Milchschokolade in ihrer Schreibtischschublade. Ja, sie hatte eine Schwäche für Schokolade in jeder Form. Ihrer Meinung nach war Schokolade das wichtigste Lebensmittel überhaupt.

Als sie durch die Tunnel zu der kleineren Kuppel ging, in der sich ihr Büro befand, hörte sie den Wind draußen heulen. Es hörte sich an, als hätte der Sturm sie erreicht. Sie sandte ein stummes Dankeschön nach oben, weil ihr gesamtes Team sicher und wohlbehalten im Lager war. Da sie die Expeditionsleiterin war, hatte sie ihr eigenes Büro und musste sich den Platz nicht mit den anderen Wissenschaftlern in den Laboren teilen.

In dem engen Raum knipste sie ihre Lampe an und setzte sich hinter ihren Schreibtisch. Sie öffnete die Schublade, zog ihre Schokolade heraus, roch daran und brach ein Stück ab. Dann steckte sie es in ihren Mund und genoss den Geschmack.

Gute Schokolade war ein geradezu sinnliches Erleb- nis. Von ihrem Aussehen – sie hasste angelaufene, alte Schokolade – bis zu ihrem Geruch und Geschmack. In diesem Moment genoss sie das intensive Aroma auf ihrer Zunge und das weiche, samtene Gefühl. Als sie klein gewesen war, hatte ihre Mutter ihr nie erlaubt, Schoko- lade oder andere *ungesunde* Lebensmittel zu essen.

Nein, Rowan hatte ihre Schokolade immer heimlich genießen müssen. Sie erinnerte sich an ihren Freund aus Kindertagen, den lebhaften Jungen von nebenan, der ihr immer Schokoriegel zugesteckt hatte, wenn sie draußen gespielt und sich vor ihren Eltern versteckt hatte.

Kopfschüttelnd griff Rowan nach ihrem tragbaren Lautsprecher und schloss ihn an. Schon bald ertönte fetzige Rockmusik durch ihr Büro. Sie lächelte und nickte mit dem Kopf zum Takt. Ihre Vorliebe für Rock'n'Roll war eine weitere Sache, die sie als Jugendliche vor ihren Eltern gut verborgen hatte. Ihre Mutter liebte Bach, und ihr Vater bevorzugte die Stille. Rowan hatte als Teenagerin all ihre Alben versteckt und sich auf Konzerte geschlichen, während sie vorgegeben hatte, sich mit anderen zum Lernen zu treffen.

Sie öffnete ihren Laptop und überprüfte ihre E-Mails. Ihr Magen zog sich zusammen. Nichts von ihren Eltern. Sie schüttelte den Kopf. Ihre Mutter hatte einmal gemailt ... um zu fragen, wann Rowan mit ihrem unüberlegten Ausflug in die Arktis fertig sein würde. Ihr Vater hatte sich nicht einmal die Mühe gemacht, sich zu vergewissern, ob sie gut angekommen war.

Das ist doch nichts Neues, Rowan. Schnell schüttelte sie die altbekannten Kopfschmerzen ab und lud die Fotos, die sie geschossen hatte, auf ihren PC. Danach nahm sie sich einige Sekunden Zeit, um sich erneut die Bilder ihres mysteriösen Objekts anzusehen.

„Was bist du?", murmelte sie.

Die Gravuren auf dem Objekt könnten natürliche Kratzer sein. Sie zoomte hinein. Für sie sahen sie wie eine Art Schrift aus, aber wenn der Gegenstand wirklich

über fünftausend Jahre alt war, war das unwahrscheinlich. Sie wusste, dass die Prä-Dorset und Dorset Völker
bekannt dafür gewesen waren, dass sie Speckstein und
Treibholz geschnitzt hatten, aber dieses Artefakt musste
in der Frühzeit der Prä-Dorset Geschichte entstanden
sein. Es war sogar älter als die Keilschrift, die früheste
Form der Schrift, die in Sumer gerade erst aufgekommen
war, als das Ding schon seinen Ruheplatz im Eis
gefunden hatte.

Schnell tippte sie eine Suche ein und rief einige
Bilder der sumerischen Keilschrift auf. Nachdem sie die
Bilder nebeneinandergelegt und studiert hatte, tippte sie
sich mit dem Finger auf die Lippe. Es gab ein paar
Ähnlichkeiten ... zumindest dachte sie das. Mit dem
Kinn auf ihre Hand gestützt scrollte sie zum nächsten
Bild. Sie wollte ein paar Tests an dem Objekt durchfüh-
ren, um zu sehen, woraus es genau besteht.

Das ist nicht dein Projekt, Rowan. Seufzend hängte
sie stattdessen die Bilder an eine E-Mail an, die sie ihrem
Archäologen-Freund schickte.

Gott, sie hoffte, dass ihre Eltern nie herausfinden
würden, dass sie gerade hier saß und über uralte
Gravuren auf einem nicht identifizierten Objekt
grübelte. Das würde sie völlig verstören. Rowan kniff sich
in die Nase. Eigentlich war sie eine erwachsene Frau von
zweiunddreißig Jahren. Warum verspürte sie immer
noch dieses dringende Bedürfnis, die Anerkennung ihrer
Eltern zu erlangen?

Mit einem Seufzen rieb sie sich mit der Faust über
die Brust, bevor sie auf Senden klickte. Sich zu
wünschen, ihre Familie wäre normal, war vergebliche

Liebesmüh. Das hatte sie bereits vor langer Zeit gelernt, als sie sich mit dem Jungen von nebenan in ihrem Baumhaus versteckt hatte – bei ihm Zuhause war die Stimmung auch nicht wirklich besser gewesen.

Sie lehnte sich in ihrem Stuhl zurück und sah zu dem Stapel Papierkram auf ihrem Schreibtisch. *Gut, ich habe noch Arbeit zu erledigen*. Deswegen befand sie sich schließlich mitten in der Arktis.

Rowan verlor sich völlig in ihren Aufgaben. Sie machte sich Notizen, aktualisierte Bestandslisten und genehmigte Anträge.

Ein undeutliches, beunruhigendes Geräusch hallte durch den Tunnel. Ihre Musik lief immer noch, und sie hob den Kopf, runzelte die Stirn und lauschte.

Schnell schaltete sie die Musik aus und erstarrte. Waren das Schreie?

Sofort schreckte sie hoch. Die Schreie wurden lauter und wurden vom Klirren zerbrechenden Glases und dem Krachen umfallender Möbel unterbrochen.

BÜCHER VON ANNA

Der Drahtzieher

Der Detective

Der Lebensretter

Der Beschützer

Englisch

Fury Brothers

Fury

Keep

Burn

Take

Claim

Also Available as Audiobooks!

Unbroken Heroes

The Hero She Needs

The Hero She Wants

The Hero She Craves

The Hero She Deserves

Also Available as Audiobooks!

Sentinel Security

Wolf

Hades

Striker

Steel

Excalibur

Hex

Also Available as Audiobooks!

Norcross Security

The Investigator

The Troubleshooter

The Specialist

The Bodyguard

The Hacker

The Powerbroker

The Detective

The Medic

The Protector

Also Available as Audiobooks!

Billionaire Heists

Stealing from Mr. Rich

Blackmailing Mr. Bossman

Hacking Mr. CEO

Also Available as Audiobooks!

Team 52

Mission: Her Protection

Mission: Her Rescue

Mission: Her Security

Mission: Her Defense

Mission: Her Safety

Mission: Her Freedom

Mission: Her Shield

Mission: Her Justice

Also Available as Audiobooks!

Treasure Hunter Security

Undiscovered

Uncharted

Unexplored

Unfathomed

Untraveled

Unmapped

Unidentified

Undetected

Also Available as Audiobooks!

Oronis Knights

Knightmaster

Knighthunter

Knightqueen

Also Available as Audiobooks!

Galactic Kings

Overlord

Emperor

Captain of the Guard

Conqueror

Also Available as Audiobooks!

Eon Warriors

Edge of Eon

Touch of Eon

Heart of Eon

Kiss of Eon

Mark of Eon

Claim of Eon

Storm of Eon

Soul of Eon

King of Eon

Also Available as Audiobooks!

Galactic Gladiators: House of Rone

Sentinel

Defender

Centurion

Paladin

Guard

Weapons Master

Also Available as Audiobooks!

Galactic Gladiators

Gladiator

Warrior

Hero

Protector

Champion

Barbarian

Beast

Rogue

Guardian

Cyborg

Imperator

Hunter

Also Available as Audiobooks!

Hell Squad

Marcus

Cruz

Gabe

Reed

Roth

Noah

Shaw

Holmes

Niko

Finn

Devlin

Theron

Hemi

Ash

Levi

Manu

Griff

Dom

Survivors

Tane

Also Available as Audiobooks!

The Anomaly Series

Time Thief

Mind Raider

Soul Stealer

Salvation

Anomaly Series Box Set

The Phoenix Adventures

Among Galactic Ruins

At Star's End

In the Devil's Nebula

On a Rogue Planet

Beneath a Trojan Moon

Beyond Galaxy's Edge

On a Cyborg Planet

Return to Dark Earth

On a Barbarian World

Lost in Barbarian Space

Through Uncharted Space

Crashed on an Ice World

Perma Series

Winter Fusion

A Galactic Holiday

Warriors of the Wind

Tempest

Storm & Seduction

Fury & Darkness

Standalone Titles

Savage Dragon

Hunter's Surrender

One Night with the Wolf

For more information visit www.annahackett.com

ÜBER DIE AUTORIN

Ich bin eine USA-Today-Bestsellerautorin für Liebesromane. Meine Leidenschaft sind Romane, in denen es an Action nicht mangelt, Science-Fiction Platz findet und auch die Liebe nicht zu kurz kommt. Ich liebe es, über Menschen zu schreiben, die entgegen allen Erwartungen die schwierigsten Situationen lösen und sich beim Erreichen ihrer Ziele selbst übertreffen.

Ich lebe mit meinem eigenen persönlichen Helden und zwei sehr aktiven Söhnen in Australien.

Für Erscheinungstermine, einen Blick hinter die Kulissen, kostenlose Bücher und andere tolle Goodies, melde dich hier an und verpasse nichts mehr: www.annahackett.com